全民微阅读系列

远去的红裙子

韦健华　著

江西高校出版社

图书在版编目(CIP)数据

远去的红裙子/韦健华著. —南昌:江西高校出版社,2017.10(2024.9重印)

(全民微阅读系列)

ISBN 978 - 7 - 5493 - 5874 - 8

Ⅰ.①远… Ⅱ.①韦… Ⅲ.①小小说—小说集—中国—当代 Ⅳ.①I247.82

中国版本图书馆 CIP 数据核字(2017)第 215555 号

出 版 发 行	江西高校出版社
社 址	江西省南昌市洪都北大道 96 号
总编室电话	(0791)88504319
销 售 电 话	(0791)88592590
网 址	www.juacp.com
印 刷	北京一鑫印务有限责任公司
经 销	全国新华书店
开 本	700mm×1000mm 1/16
印 张	14
字 数	180 千字
版 次	2017 年 10 月第 1 版 2024 年 9 月第 2 次印刷
书 号	ISBN 978 - 7 - 5493 - 5874 - 8
定 价	58.00 元

赣版权登字 -07 -2017 -1031

目录 / CONTENTS

第二辑　辛辣酒家

第三辑　家长里短

第四辑 阳光灿烂

第一辑

慧眼世态

汇款单

张春这天收到了两张汇款单,他也发现了局里一些人眼神的变化。

"小张,你好样的,我没看错你。"马上就要退休的老办事员马玮欣赏地说。

"张哥,你真厉害,我真服你了!"机修车间的小朱说这话时眼里充满了佩服。

老大姐罗秀十分赞赏地说:"张春,看到你,我就看到了厂里的希望,看到了社会的希望。"

"小春呀,现在这个时代就需要你这样的年轻人!"已退休的老工人唐东的赞扬上升到了"高度"。

……

张春听得出这些话都是由衷之言,可他很奇怪,自己经常有文章发表与获奖,一天同时收到三五张汇款单的事也是常有的,可也没见大家像今天这样呀!他感觉到了这些赞扬绝不仅是因为那两张汇款单。

当然,这些赞誉都是来自群众的。主持工作的刘副厂长与厂里其他领导的眼里流露出的却是冷淡与异样。张春与他们打招呼时,他们要么就是不理,要么就是满脸怒色。张春不明白自己做错了什么,竟让这么多领导都不高兴。那天,周副厂长还嘲弄地说:"张春,你最近收到了不少汇款单,得了不少钱呀!"

张春知道领导这话绝对不是因为那点钱。别说他近两个月来就前几天才得了两张汇款单，就是像以前一样经常收到三五张汇款单的，那点稿酬根本就入不了厂领导的眼，更不会让他们不高兴。因为，他们抽的烟没一包是低于一百元的。

更让张春不解的是刘副厂长还在小范围内说："对张春这人要小心点！"厂办主任王留曾恍然大悟地说："原来张春是个爱告状的人！"前不久被纪委立案查处并移送检察机关的李厂长的儿子李左竟在一次相遇时要张春"小心点"！

张春被这一切弄得莫名其妙的。他知道王主任说的"告状"就是向有关部门反映问题的意思。可是，张春没向哪个领导和部门反映过问题。他就是这些年写的小说也是歌颂社会和反映市侩现象的，他偶尔发在纪检报刊上的作品也是赞扬纪检人员，而不是讽刺领导的。他的这些作品厂领导就是想"对号入座"也对不上。

就在张春百思不得其解的时候，有人暗示他：还是跟他前几天收到的汇款单有关。张春更不理解了，他这两个月偏偏出现了汇款单"荒"，两个月来就前两天收到两张汇款单，一张是《春阳报》汇来的稿酬。

张春想，莫非是那张汇款单。

另一张汇款单是省纪委汇来的，汇款单的附言处只有两个字——"奖金"。

其实，那是张春参加省纪委举办的"纪检颂歌"征文活动获得一等奖的奖金。

发言权

　　贵西市东汉街那边开了一家辣油米粉店，听说很正宗，倪立不信。这辣油米粉可是春安县的传统品牌食品，是春安县唯一的省级非物质文化遗产呀。

　　春安县是贵西市管辖的一个县，据县志记载一千年前春安县就有了这辣油米粉。这辣油米粉香辣可口，是春安县人们早点的首选。它不仅可以当早点，还可以当菜吃，很受人们喜爱。不过，这辣油米粉好像有个"恋土"的特点，那就是在本地才好吃，出了春安县就做不出这种辣油米粉的正宗味道。有人说是水的原因，也有人说是空气的原因，还有人说是气候的缘故。因此，刚从春安县调到贵西市的倪立不相信这市里能做出正宗的辣油米粉，于是就跟着朋友周峰找到了这家米粉店。

　　这家叫"承春"的辣油米粉店生意还真不错，店门口买票的人排了长长的队。买了票后在排队取米粉时，倪立对周峰说他对这辣油米粉是否正宗很有发言权，他告诉周峰说在四十年前这辣油米粉对绝大多数人来说还是奢侈食物时，他就每天都吃这米粉，那时从六七里外的郊区到县城读书的倪立，每天就到县城的辣油米粉店吃辣油米粉当午餐，家境比较好的他拿这辣油米粉当了七年的午餐。因此，以前的辣油米粉是什么味道、什么是正宗的辣油米粉，他是再清楚不过了。

　　倪立的嗓门天生就大，他随便说着几乎整个店的人都听到了,好些人还诧异地看着他,还有一些人从他端着米粉到桌前坐下以及吃米粉都一直在看着他。

倪立吃下第一口米粉时就意识到自己错了,他没想到这辣油米粉竟然这么正宗,与他小时候吃的辣油米粉味道一模一样。他的神态不由得表现出惊讶。可是,他却没有说出来。因为,他从眼角的余光发现当时米粉店里许多吃米粉的人都在看着他,似乎在等他做出评判。他故作高深地要像专家最后才"揭开谜底"似的慢慢吃着米粉。

这时,一个人到倪立的身边坐下,那人自我介绍说是这米粉店的老板,来征求倪立对这辣油米粉的意见。说话间,那人用一个难以察觉的动作将一卷东西塞到了倪立手里。在银行工作了二十多年的倪立凭手感就知道是一卷百元的钞票,他用眼角瞟了一下,果然!

倪立当然也知道店主的意思,于是他就用比较高的声音对店主说这辣油米粉比较正宗。看得出,店主对倪立的这一"评判"是相当满意的。

其实,倪立本来是可以这样说的:这是他吃过的最好的辣油米粉,比春安县现在那家最好的米粉店的辣油米粉还要正宗。

神 嗅

比巴掌大不了多少的这个小县城发生了一件轰动全省的事:县里出了一个嗅觉极灵敏的人。

那人的嗅觉神奇到什么程度,说句不好听的话,比警犬的鼻子还灵。那人不是什么得道高僧,也不是武林高手,而是在这街上住了三十年的刘马。这刘马半年前还是一个普通得不能再普通的人,五六个月前,已经下岗一年多还没找到工作的刘马突然发高烧,烧得不轻,好几天才降下来。退烧后,他女儿把饭端到床头,他不吃,说那米里打了蜡,女儿换了好几家米店的米他都说有蜡,直到女儿从农村亲戚家里要来米做了饭他才吃。可是,他当时只吃那饭,说那菜里他闻着有农药味,那鱿鱼丝里有防腐的药水"福尔马林"。开始,大家怀疑他的脑子是不是烧坏了,可是精神病医师对他进行了非常认真的检查,都认为他很正常。可是,家里人总不信,他脑子如果没事的话,在家里吃东西不是讲这个有问题,就是说那个有问题。比如,那天家里吃粉条,他说那辣椒油里含有害物质苏丹红,女儿说,那辣椒油是大商场买的,不是从路边小摊买的。直到那天发生的那件事改变了大家的看法,大家不仅相信他脑子没问题,还发现了他的奇异嗅觉。

那天,他与老婆上街,一农民挑着一担米从他前面过,他告诉老婆说那担米下面藏了一些钱。他老婆自然不信哪个傻到把钱藏到米里。他就与老婆跟着那农民。当那农民来到银行门口从米箩里拿出一把钱的时候,他老婆惊讶得好一阵子说不出话来,因为无论从哪个方面看都无法看出那米里藏有钞票。

消息传开后,专家们都不相信,哪有人的嗅觉超过警犬的。专家们对刘马用科学仪器检查也检测不出来他的脑子有神奇功能。这世上有很多事情本来就是解释不了的,如百慕大魔鬼三角。可专家到现场后又不能不相信了。刘马路过一家具店时,闻出这店里有几个柜子的甲醛超标了,专家一检测,虽然超得不是很多,但还是超了不少。刘马在一个猪肉摊闻出那猪肉中有瘦肉精，专家检测证实确实是真的。接着，他能把那些打蜡的米、福尔马林泡的冻鸡爪、有苏丹红的辣椒油、掺染料染红的麦皮的辣椒粉，一一从商场的货物中闻出来，哪怕含量极少的。让专家们更惊讶的还是他不仅能闻出哪些商品含有害物质，还能闻出这些商品从哪来的。

这一来，刘马名声大振，也吓坏了许多商家，好些商场、超市、米店、饭店、小吃店、水产店的老板急忙带着很厚的礼金找上门来，求刘马路过他们的店时"鼻"下留情，别说出他们的商品中有福尔马林、苏丹红、瘦肉精之类的东西。

不过，找上门来的最多还是那些官员，那些人一个比一个官大，带的礼金一个比一个多，开始时真让刘马莫明其妙的。当他们说明来意时，刘马才恍然大悟。

原来，刘马不但能闻出钱的去处，更能闻出钱的来处。

缺　点

处里的刘牛跟别人打赌：谁找出倪立的大缺点，他输给谁200元，哪个发现了倪立的小毛病他输给哪个100元。

刘牛不是跟倪立有矛盾而找茬，也不是嫉妒倪立，他就是一"耍仔"，只要不违法，他觉得什么好耍就要一下，因此这些年来他在单位里不时会找点小刺激，弄出些新奇事来。这不，自从倪立调到处里快一年了，不仅在他隔壁办公室的刘牛没有发现他什么毛病，就是与倪立同一办公室的人都没发现他丝毫的毛病，更别说缺点了。

有的人说倪立知识面很广，几乎是上知天文下晓地理，可他却从不卖弄。有人说倪立工作能力很强、业务水平很高，但从不出风头，也没有看不起工作能力差的人。有的说倪立工作积极，每天提前很多时间到单位，下班离开办公室也很晚，他的工作他会很快很好地完成，取得了成绩也往别人身上推，从不争功劳。有的人说倪立上班时就工作，工作做完了就看书看报学文件，也没谁见过他上班上网玩游戏。平时在办公室也偶尔与同事开玩笑，但他从不与别人争论，更别说为那些鸡毛蒜皮的无聊事争个面红耳赤的。与倪立同办公室，并同住一个小区的方艺说倪立下班后就回家帮老婆做家务事、陪老婆散步，要不就上网看新闻，他从不与大家喝酒、下棋、打牌，就是工作应酬喝了酒他就回家睡觉，从不发酒疯。同小区的人也说倪立从不与别人家长里短的聊闲事，街邻间的那些矛盾都找不上他的身，他更没有什么风流韵事，他不出去跳舞，更不与其他女人打情骂俏。处里最"著名"的"业余侦探"还说出了一个"风流寡妇贴倪立"的秘事：处里那最风骚的盛娜雅一次单独与倪立在办公室时竟把裙里的内裤都脱了，倪立愣是没让她完成"计划"。

从各方面"综合"来的消息让人感觉到倪立似乎太完美了，几乎没有什么缺点与毛病，刘牛根本就不信有这么"完美"的人，便跟人打了这赌。

有了"赌资"的刺激，更是调动了人们对倪立"了解"的积极性。可是，赌期过了，那些想挑出倪立的"刺"来的人都无功而返、两手空空，刘牛愣是没输一分钱。然而，这一结果却更让人感觉到倪立的完美不真实，常说"人非圣贤，孰能无过"。这时的人们几乎都有了这样的感觉：倪立是善于伪装自己、善于掩饰自身缺点的人。刘牛与处里很多人都知道能将自己掩饰得那么好的人一定是个很猾的人，大家自然也都想到了"虚伪的人是最可怕的人"这话。

很快，"善于伪装"成了越来越多的人对倪立的看法，几乎成了他的代名词，处里的人渐渐疏远了他，甚至瞧不起他。这年，评先进、推荐领导职务不但没他的事，而且他得票也是最少的，民主测评什么的，倪立也"稳居"全处倒数第一。

也许就是因为这些"失落"，倪立开始染上了好酒的毛病，他每隔三五天就找人去小饭店喝酒，喝多了也讲点带"荤"的笑话、段子，有时也跟别人打牌、下棋什么的，输了就钻桌子，好几次还有人看见他输了牌戴着纸做的高帽子蹲着出牌。

一段时间后，也由于倪立的这些"不掩饰"，他在大家心中的虚伪慢慢被"真实"所替换。又过了两个月时间，处里有一次评季度先进的机会，好多人居然都想到了倪立，也把票投给了他，刘牛投倪立的票时心里还多了几分得意。

只是，倪立每天回到家时，他老婆看着都很难过，她知道要倪立这么做真是太难为他了！

态度的原因

店里已两个月没发工资了，经理说资金困难下个月一起发，但刘忠仍一肚子气：开这么大的金首饰店还说资金困难！资金困难开这么大的金首饰店干啥！

看着柜台里的金首饰,刘忠也不是没想过,如果再不发工资他就拿里面的金器抵。对刘忠来说,这气不顺、心情不好,脾气自然也好不到哪去,这一大早的对顾客也没个好脸色。

有个女顾客选金首饰时挑换了好几样,可能觉得不如意就没买。刘忠便奚落说:"没钱装什么富婆,挑了那么多样,结果一样没买。"那女顾客听了跟他吵了起来。

一个男顾客可能想帮女朋友买首饰,看了又看,挑了又挑,刘忠不耐烦地埋怨道:"想泡妞又舍不得花钱!哥告诉你那边有个地摊,买个镀金的吧!"

谁知道这男顾客是个火爆脾气,立即瞪起眼来:"你怎么说话的!有你这么说话的吗?"

刘忠更想找个人来出出火,便回敬道:"老子就是这么说话的,你能把老子怎么样?莫非敢打老子呀?"

那男顾客也不示弱:"你等着,看老子不收拾了你!"说着气汹汹地出了店门。店里与刘忠当班的另一名女店员知道刘忠这一段时间脾气大,也不敢劝刘忠,就从另一条门追出去向那男顾客解释去了,她不想刘忠把事闹得太大。

刘忠气都还没出,他跷着二郎腿,脸侧向里边,也没注意那女店员出去了。

这时,从他身后的柜台前传来一个男人的声音:"把首饰拿出来!"

刘忠正没好气,他头都没回地大声嚷道:"喊什么喊!看好了再喊!"

柜台外那男子拍了拍柜台说:"抢劫!"

刘忠听到这两个字更是气不打一处来,他大声地说:"吓唬谁!抢劫有什么了不起,有本事你来呀!"他边说着边转过身来,见那两个人拿着刀。刘忠顺手操起身边那拉卷闸门的长铁杆说："就你们两个？去把他喊来！你们三个一起来看是不是老子的对手！老子正好没地方出气，看看今天老子先搞死哪个！"刘忠说的"他"显然是指刚才与刘忠吵架说要跟刘忠"动手"的那位顾客。

那两个拿刀的人看刘忠气势汹汹地操着那根铁棍，估计占不到什么便宜，便转身跑了。

刘忠见此情景还骂道："想打架也不看看老子是哪个！"

只是看了当天的电视新闻后刘忠便吓傻了！电视新闻上说他们这个金首饰店前面那条街的一家金首饰店今天下午被抢劫。刘忠从电视台播出的监控录像画面中，认出抢那家金首饰店的歹徒就是中午来店里冲着他喊的那两个人。

远去的红裙子

开往江城的长途班车在烈日中行驶着。

在炎热的盛夏坐这长途车真够呛，车子像在火中烤着的铁箱子。这车又偏偏开得很慢，外面几乎没有什么风进车厢，乘客们热得额头冒汗、喉咙冒火，只得使劲地摇动手中的纸扇、书本，但无济于事，那扇出来的风都似乎是热的。大家只好盼着车子早些到站，能早点脱离"热海"。

可是，车子仍是那么慢吞吞地开着，司机说这车旧开不快。大家抱怨客运公司还用这种车子营运，简直是坑人。开着开着，车子在一个前不挨村后不着店的地方停了下来。这地方离江城还有一半多点的路程。司机说车子有毛病要修，然后打开驾驶员用的电风扇，拉开发动机盖捣弄起来。车子就这样摆在那火似的太阳下晒着，车厢里犹如蒸笼一般。乘客们想下车找个地方乘凉，可这个地方没一棵树。乘客们受不了，又热又渴的，大家都催促着司机快点修车，有几个人还帮着递扳手、钳子什么的。

这时，女售票员打开座位边的一个大纸箱拿出一瓶汽水扬着喊道："卖汽水啰，哪个要哟？"又渴又热的乘客们此刻真如在沙漠中看到了绿洲，纷纷朝那涌去。

"我要一瓶，多少钱？"

"八块！"售票员报出一个令大家吃惊的价格，车厢里"哄"的一声议论开了，因为这种"仙桔"汽水在商店里只卖两块钱一瓶。这时，大家也似乎明白了这车子"抛锚"的原因。

售票员看出了大家的不满，又说："愿买愿卖，公平交易！快来买哟，数量有限呀！"说着她打开两瓶，递给司机一瓶，那司机便放下了"修车"的活儿，两人慢慢地喝着。

渴得喉咙里要冒火的乘客们再也受不住他们的诱惑了。虽说花八块钱买这么一瓶汽水有些心痛，但在这种情况之下也顾不得钱这身外之物，开始掏钱了。

"卖仙桔牌汽水，批发价！一块八钱一瓶，快来买哟！"车厢后排传来清脆甜润的声音。大家回头一看，是一个穿红连衣裙的姑娘，她的座位边有两箱仙桔牌汽水，座位上放着她的营业执照和卫生许可证。姑娘是搞个体的。这时，涌向售票员的乘客们都返身朝姑娘走来。没过一会儿，姑娘的两箱汽水便卖得差不多了。

售票员和司机见自己的生意被那姑娘搅黄了，顿时火从心头起。那司机猛然开动车子,车上站着买汽水的乘客冷不防地往后倒成了一堆,等这些乘客重新站稳时,司机又猛然一刹车,乘客们又向前撞在一起,这么反复了好几次。看着售票员和司机那怒目圆睁的神态,大家便明白了是怎么回事。这些乘客们对此是敢怒而不敢言。一些乘客还暗地里庆幸着:这车子好歹总算开起来了!

车子没开多远又停下来,司机下了逐客令:"退票让她下车。"他对售票员说。

"凭什么要我下车!"穿红连衣裙的姑娘责问道。

"凭什么? 凭你在车上卖东西,我们的车上是不准卖东西的。你给我下车!"司机说。

"你们不也在车上卖东西吗? 还卖高价呢!"那姑娘寸步不让。

"你不下去,老子就不开车!"那司机更是蛮不讲理地说。

看着窗外那火辣辣的太阳,一些人不由地为那姑娘担心起来。

"我就是不下车!"姑娘理直气壮地说。

"你不下车我就不开车!"那司机威胁说。

车子在太阳下晒着,车内的温度渐渐地升高。乘客们请求司机快开车,可司机非要那姑娘下车后才肯开车。

僵持了一会儿,一个中年男子对姑娘说:"哎呀,这可怎么办? 我到江城还要赶火车呢! 姑娘你就行行好吧,下车吧!"

"我女儿有病要赶到江城去看病。姑娘,求求你,救救我的孩子吧!"一位中年妇女说。

一个采购员模样的人也凑上了"热闹":"妹子,你就做做好事、积积德吧! 我要抢在下班前赶到江城去订合同呢!"

一个老年男人用那哀求的目光看着姑娘："我这心脏病受不得热的！"

……

一些人向那姑娘乞求着，求她下车。

姑娘鼻子一酸，眼泪涌了出来，她拿起自己的行李下车了。

车子开起来后，那红红的身影越来越远了。

演　习

这不，市第九人民医院大门的院内又挤满了人，不过对这家医院来说是司空见惯的。

如果其他的医院内挤满了人倒是件轰动的事，唯独第九人民医院大院内挤满了人不算什么事，因为这是司空见惯的事。这第九人民医院不知是医疗水平差还是医德教育没抓好，医疗事故多，医患纠纷时常发生，经常有人上门来"讨公道"。以前，来"讨公道"的患者、患者家属或亲友一般一两个或三五个一起来的，最多也不过八九个人，只是他们来了以后，街上一些看热闹的、同情的，还有一些对医院不满的，甚至有一些是起哄的人也就跟着进来了。随着来医院"讨公道"的次数的增多，每次加入看热闹的、同情的、起哄的人也就越来越多，形成的声势就越来越大，有些像滚雪球一样。每当第九人民医院有"讨公道"的人，就会有许多人来帮他们造声势，来的人越多，声势越大，给医院造成声誉上的损失就越大。

全民微阅读系列

不过,这次来"讨公道"的不仅有披麻戴孝的,有喊口号的,还有举着"还我丈夫""我要爸爸""严惩缺德医生""医院必须给出交待"等横幅的,这样就引来了更多看热闹的、同情的和起哄的人,不仅有路过的人,附近的居民,还有一些听到消息从一些较远的地方赶来的人,医院大院站不下,有些人还站到了医院大门外的马路上。有的不知是谁向新闻媒体报了料还是怎么的,也不知是记者,还是那些喜欢拍些东西往网站上放的"拍虫",还来了好些拿摄像机的人,声势是之大远超过往常。

医院领导与往常一样出来安慰大家几句,但效果却如以前一样不好,一些人还是要往门诊大楼里冲。这时,医院领导、保安人员和医护人员用自己的身体组成人墙,拉出大大的长幅:不要因为你们的行为影响了其他病人的治疗。那些往楼里冲的人立即止住了脚步,并惭愧地退出了医院大门。

这时,院领导把退到院大门外的人叫回院内,并宣布结束。许多围观的人正纳闷着,那些"讨公道"的人热烈鼓起掌来,那披麻戴孝的人立即卸了妆,那拉横幅的人也收起了横幅。原来,这是院里举行的一次医患纠纷防范演习,当天电视台、市报都对这次演习进行了报道。

之后,第九人民医院又举行了几次这样的演习,并宣布将这种演习列入该院一项经常性的活动,并不定期地举行。

举办了几次这种演习后,来医院"讨公道"的人也少了,就是有也是那么几个人,没有了许多人围观。人们也没有了围观的兴趣与时间。

因为,谁知道那是不是一次演习!

征订奇招

　　这一年一度的《反贪报》征订工作够反贪局秘书科长王东顾头痛的了，这事是由他负责的。

　　王东顾也向县里的各单位都发了征订单，又在县有线电视台上做了宣传，但效果不好。

　　不知为什么，现在有钱的人不爱看，或者说因为挣钱而没空看书报，爱看的又都是没钱的。再说这《反贪报》不是生活娱乐性的报纸，跟其他部门和行业报刊一样多是靠单位公费订阅的，而现在几乎是各行各业都办了报刊，城管的、工商的、税务的、质检的、卫生防疫的……因此，这类报刊的征订就特别难，每到年底就要展开报刊征订竞赛，展开一场争夺订户的争夺战！

　　不仅是《反贪报》的征订效果不好，今年其他部门所办报刊的征订效果都不妙，征订数都是减少的，有的甚至还"惨不忍睹"。一提到本部门的报刊征订工作时，环保局的刘科长、质量监督局的方秘书、工商局的周科长……都是摇头叹气的。那天王东顾在路上遇到县委办公室负责党报党刊征订工作的赵主任，说像绢纺厂、农机厂、饮料厂、矿品公司这类县里的亏损户都以亏损没钱为由不订阅党报党刊了，党报的发行量也下降很多。

　　现在这报刊的征订又不准搞硬性摊派，尤其是各部门办的报刊。可是市反贪局给各县是下了征订任务数的，还是硬指标，列入局里年度工作考核的。离征订截止时间越来越近了，王东顾只好逐个地给各单位的头头们打电话,请他们单位订阅《反贪报》,并说希望把订阅工作提高到对反贪工作的态度来重视,并说不爱学习很容易犯错误的。

就这话,一种预想不到的效果出现了。此后的几天里,好多单位都纷纷到反贪局办理了订阅手续。短短的几天时间,《反贪报》的订数急剧上升,不但超额完成了征订任务,征订量还跃居全县各类报刊之首,比党报还多订了一百多份,弄得其他部门羡慕不已。

更出乎人们的意料,订阅《反贪报》最多的却是那些亏损大户和濒临倒闭的国有企业,县里最大的亏损户绢纺厂就订阅了一百份,该厂厂长周匈私人还订了三十份。

误　会

下午五点钟左右,七路公共汽车上的人最多。刚下班回家的、急着去接孩子的、观光游览回旅馆的、出差赶火车的……座位上坐得满满的,还有好多人站在车厢的过道上。

坐在车子中央一个座位上的王宏,心里惦记着晚上那场足球现场直播,他盘算着如何快些把那些繁琐的家务做完,好安心地看球赛。

突然,离王宏不远处传来吵架声。是两个女人,一个尖声,一个中音。

"你瞎眼了,急着去会野老公也要看着点路呀,你看把老娘的鞋踩成什么样了？"尖声。

"你这骚货嘴巴放干净点，谁让你站在那里挡着老娘，干吗不坐在哪个男人的大腿上去？"中音。

"我没本事，不像你已经坐了几十个男人的大腿。"尖声。

"谁像你，不但坐大腿，还钻被窝！"中音。

……

吵架的是两个中年妇女，可能是过去就有积怨，两人越吵越不像话，骂声越来越不能入耳。车上有个中年男子劝她俩别吵，她俩不但不听，反还吵出新话题来：

"哦，你心痛她！心痛她就让她坐到你的大腿上去。要不去钻的士，在里面干什么都行。"尖声反说起那中年男子来。

"你想让他抱别扯到我身上来。骚货！"中音。

那中年男子看上去是个老实人，他见劝不成反而引火烧身，不想卷入其中，便躲到一边去了。那两个女人还在吵着。

王宏看不下去了，他站起来威严地说："吵什么！在公共场所骂这种脏话！我是北区派出所的。你们再吵就跟我到派出所去。"平时从不讲假话的王宏此时为自己讲的假话而感到惊奇，第一次就那么逼真。其实他只是一个在乡镇企业当办事员的复员军人。

那两个女人一听王宏是派出所的，再看看他那一脸威严的样子，便不敢作声了。一场吵闹被平息下来。下车时，王宏还很为自己刚才的表演而得意。

王宏下车后没走多远，两个与他同下车的乘客亮出工作证对他说："终于抓到你了！我们是北区派出所的，跟我们到派出所去。"

王宏感到莫明其妙，无可奈何地跟着他们去。

到派出所才知道是场误会,原来近来这带有人冒充公安人员行骗。

想知道原因

刘艺如往常一样骑着电动自行车下班,也如平常一样经过凤南路口,他的车速仍如平常一样的慢。这电动自行车有人叫"电单车",也有人叫它"电猫",这车说慢可以与脚踏自行车一样,说快也不亚于小摩托车。

可是,他今天遇到了一件与平常遇到的不一样的事,当然先是遇到了一个与平常不一样的人,然后才有这与平常不一样的事。那人也骑着一辆电单车,是逆行而来,但却不是刘艺那么慢,而是飞快地向刘艺"奔"来。

那是一张年轻的脸,也是一张气冲冲的脸,甚至可以说是气汹汹的脸,这是赵杰的脸。这赵杰刚跟女朋友吵了一架,心里正窝着火,看到两辆电单车就要撞上了,他的脸与嘴先变了形。他不管是不是自己走错了道,反正对方挡着他的道,他正好要骂对方解解气。可是,他看见对面的刘艺也看着他,也正要动口。赵杰便立即收了口,他要等刘艺先开口骂他,哪怕是责怪他几句,他就借着这由头揍刘艺一顿,揍人当然要比骂人能解气得多!

眼看就要撞上时,两人的电单车都停住了。刘艺说了一声:"那么急!要去哪?"那语调很轻,语气像是询问,也像是关心。

这是赵杰没想到的,刘艺这一个长辈似的询问让赵杰霎时极力回忆起来，这是哪个长辈？会不会是父母的朋友或者工友？他父母以前在的那个厂有近千人，很多人都认得他，他哪认得完那些人。是他们家住的那个小弄堂的？他五岁时，他们家就搬出了那小弄堂，那时他还小，很难记得住那弄堂的人，毕竟近二十年的变化不小。

赵杰正在记忆中搜寻着，对面的刘艺又问了一句：你父母的身体好吗？

这让赵杰更感觉到这刘艺应该是认识他，或者认识他父母的人。刘杰尽管一下子想不出对方是谁，但他绝对不好发作，更不好拿对方出气了。他应了一声"有点急事"就走了。

过了好几年，一个非常偶然的机会，刘艺与赵杰再次相遇了，而且彼此都认出了对方，都记得那次电单车差点要撞上的事。已是三十岁的刘杰这次想得到上次没得到的答案。

"其实，我们当时根本就不认识，我更不认识你！"刘艺告诉赵杰。当得知赵杰的这疑问来自他那天问赵杰的语气时，刘艺告诉赵杰说："当时看到你要骂人似的，我便想用这种方式提醒你，跟人说话完全可以换成好一点的语气。"

"你当时还问了我的父母身体。"赵杰还是没全明白。

刘艺说："我当时只是想是不是你父母身体不好，没精力教你怎么做人！"

王发"买"瓜

东阳乡治安队办公室里,队长王发和队员刘龙、余民正凑在一块聊天。

这王发原是县酒厂的一名工人,由于经常旷工、赌博,在厂里混不下去了,便来找他那刚当上乡长的表哥给换个地方。恰好,东阳乡要成立治安队,他那表哥乡长便让他当了这队长,还给他配了刘龙、余民这两个因打架斗殴进过"宫"的乡干子弟,当队员,并说是"以毒攻毒"。结果,治安队成立两年多,"毒"没攻下来,反把群众弄苦了。老百姓对他们是敢怒而不敢言。这会儿,三个人正在谈着那些男人和女人之间的风流韵事。

大概是讲累了,刘龙提出:"哥们,上哪去搞几个西瓜解解渴。"

"嗨,去前面的邓家村摘就是了。走吧,顺便去散散心。"

"好,好。"三个人吆喝着便向邓家村走去。

半道上,一个挑西瓜的老头迎面而来。王发对刘龙、余民狡黠地一笑,然后往路中央一站,喊道:"站住,我们治安队要检查检查!"那老头刚放下西瓜筐,王发仨人就在筐里翻起来。很快,刘龙和余民各拿了一个瓜用拳头捶开就吃起来,王发也挑了一个大的,举起拳头正要捶,那老头抓住他的手大声责问:"你们凭什么白吃我的瓜,还讲不讲点道理?"

王发竟被问愣了,他没想到居然会有人敢指责他。这两年在这一带莫讲是拿几个西瓜,就是拿几只鸡、条把狗,也没人敢吭一声,更莫讲指责。"今天是怎么啦?"他甩开老头的手仔细地打量着那老头,心想:这老家伙怕是有来头。突然,他想起以前在厂里听说过郑县长有个舅舅就是前面小柳村的,莫非……

王发心里没谱了,他问道:"你是哪个村的,姓什么?"那老头不满地:"怎么? 白吃了我的瓜,讲你几句,还想报复呀! 告诉你,老汉姓张! 小柳村的。看你们能把我这老骨头怎么样!"

王发一听,果然是小柳村的。郑县长的舅舅就姓张。没错,准是他! 不然是不敢顶撞他王发的。

王发脸色马上一变,堆起笑容:"哎呀,老人家,莫讲得那么难听嘛,乡里乡亲的,我们哪会白拿你的瓜。"说着他掏出一张面值一百元的人民币往那老头口袋里一塞,"这是我们买瓜的钱,您老人家收下吧!"王发见老头正要说什么,他忙说:"您老人家就不要找钱了,本乡本土的人,算这干嘛!"王发说着按住那老头从口袋里往外掏的手,然后又帮那老头把扁担挑上肩,并扶着送出好几步,嘴里还不住地说着:"您老人家走好,好走啊!"

这时,刘龙和余民过来不解地问:"大哥,你今天是发什么善心呀?"王发斥责说:"你们懂个屁,光知道吃喝玩乐。那是郑县长的舅舅,你们知道吗!"

王发还没说完,余民便说:"哎,大哥,郑县长的舅舅大前年就死了。"

"啊!"王发这才傻了眼。

造　假

　　工程师刘中国今年已满五十九岁,再过一年就要退休了。这时候,他想到了自己那高级职称的事。恰好,高级工程师的职称评定工作又开始了。

　　他是 20 世纪 50 年代毕业于全国重点机械院校的高才生。正是风华正茂、大显身手的时候,1956 年那场秋风把他扫进黑五类的最后一类——成了"老右",下放到一个边陲乡镇的一家小企业当技术员,直到 1979 年才平反回到市里。他这个几经磨难的技术员又是多么盼望能得到那代表承认与荣誉的"高级工程师"职称啊!平反后的第十年那次搞高级职称,他本来可评上,但他却把名额让给了另一位急需解决爱人户口问题的同事。

　　这几年,他又发表了近三十篇学术论文,其中有十篇先后获得国家机械科学优秀论文奖,成就在全市排第一。市职称评定委员会的评委们都说这次一定要评给他。这是他的好朋友——市职称评定委员会成员方舒透露给他的。

　　他也便忙着申报、写业务自传和工作总结。一天,他正写着突然感到胃右边的部位隐隐地痛,后来越来越厉害。他没理会,用东西顶着那部位继续写。这天,他昏倒在办公室里了。

　　到医院一检查,肝癌晚期。医师说最多还有两个月时间。大家都感到悲痛、惋惜。

　　方舒在职称评定办公室听到刘中国住院的消息后,忙去看望。刘中国正躺在病床上写业务自传，见方舒来了忙招呼："老方，你来得正好，我刚写好这自传，麻烦你帮我带回去。职称之事就拜托你了。"

他已经知道自己的病情。

"好，你放心，过两个星期就开评定会了。"方舒安慰着他。可是，半个月后的职称评定会上，为刘中国的职称发生了争执。评高级工程师有名额限制的，有人说给健康的能工作的人。方舒与几个评委对此进行了反驳，但力量薄弱，无济于事，最后投票，刘中国以一票之差没评上。

方舒带着负疚的心情去看望刘中国。他一见方舒就问："我的职称怎么样？通过了吗？"

方舒心中一阵剧痛：刚才听医师说刘中国还有二十多天了，此时如实告诉他，无异于在这个垂危的病人的心上再插上一刀。虽然，方舒实在不忍心去骗一个病危的人，但他又怎么能让刘中国带着遗憾离去呢！于是，方舒装出笑容："我早就说过，你的职称是没有什么问题的，果然如此。正在办手续，我过两天帮你带表来。"他尽量说得轻松些。

此后，方舒为刘中国的职称又四处奔波了几天，都无结果。他知道刘中国的职称已没什么希望，为了不让刘中国失望，他只好弄了一张假表，带着往医院送去。

方舒带着假表来到医院时，刘中国已经昏迷了，他家里的人都守在床边忍着不敢哭出声来。

"老刘，老刘，表拿来了，您签个字吧。"方舒硬忍着眼泪轻轻地唤着。

刘中国慢慢地睁开眼睛，蜡黄的脸上露出了微弱的笑容。他用那几乎握不住钢笔的手勉强地在表上写下了"刘中国"三个字。

好一会,他才断断续续地说:"感谢国家给……我的荣、誉!……感谢大家!感谢……"他刚说完一个弱得几乎听不见的"您"字就昏过去,再也没醒过来了。

方舒再也禁不住地失声痛哭起来。

开追悼会那天,哀乐声中,方舒流着泪把那份假表在刘中国的遗像前烧掉了。让方舒无奈的是,这份表虽然能给"那边"的刘中国带去一点安慰,但也给"那边"带去了一样假东西。

策略的结果

莫强与石剑从光屁股的时候到现在都是老"狗肉",两个人一见面就会很随便地开着玩笑,如果没有第三个人在场,两个人说起话来更是无所顾忌——什么话都敢讲,什么玩笑都敢开。"狗肉"在本地方言中就是朋友的意思,也是北方人说的发小。

他们不是那种小时候是"狗肉"而大了就疏远的"小伙伴",就算是莫强当了局长,这个在县城里不算大也不算小的官后他们依然是"狗肉"。除了有莫强的部下在场时他们还有所顾忌,其余的时间就毫无顾忌地"没大没小"了,石剑直呼莫强"强仔",莫强就叫石剑"石头",他们之间有什么话都敢直讲。别看莫强在部下面前威严有加,但在石剑面前都是笑嘻嘻的,哪怕是刚斥责完部下还黑着脸,可一看到石剑进门他的脸就会"阴转晴"。

莫强的部下除了羡慕石剑外,都纷纷与石剑套近乎。只要石剑一进莫强的单位,他们就会"石哥""石哥"地叫得欢,就是比石剑大十几岁的刘宏也管石剑叫"石哥",弄得"石哥"成了石剑到莫强单位的绰号似的。他们叫完之后还递烟、请吃饭,那几个姑娘甚至还要请石剑去跳舞——与石剑套近乎成了曲线讨好莫强的手段。

多到莫强单位几次,石剑后来发现莫强对部下太严厉,斥责起人来不顾情面,石剑好几次无意中撞见他在粗着脖子、黑着脸骂部下。石剑这"旁听"者都感到难受,他想莫强的部下被斥责不知心里有多难过。他觉得莫强其实没必要这样,批评人也是可以委婉些的,有些完全可以换一种方式教育部下。石剑担心长此下去莫强会失去大家的拥护,这样对他的"仕途"不利。作为"狗肉",石剑不会不管,他不能让自己的"狗肉"误入"歧途",他自然要提醒莫强。

如果在以前,石剑一定会大大咧咧、直来直去地给莫强指出来。可现在莫强是局长了,石剑想:莫强现在大小是个领导,像以前那样"直率"地指出,莫强可能受不了! 于是,他决定采取一点"策略"。

一天,石剑对莫强说:"你对部下太严厉了! 你的部下对你很有意见,你要注意改变方式啊!"石剑觉得这么说是比较"策略"的,也一定会有效果的。他想:用"群众的呼声"来"说话",效果可能好得多。

几天后,石剑到莫强的单位时就看到了这样的效果:莫强那些部下远远地就躲着石剑,实在躲不开的,对他也是满脸的冷淡,远没有了以前的热情。

小河沟

七坝村边上有一条水溪,似河非河、似沟非沟的,说它是沟有些对不起它,因为它比沟宽很多,说它是河又实在是委屈了"河"这个字。不知道该叫什么,村里的人只好用"小河沟"这个词来代替一下。

别看这小河沟不宽,平时水也不大,但一到春天发水时却常常漫出河沟边,冲毁农田,冲垮村路。其实,村主任龙农与村里的人都知道这是因为小河沟底太浅了。原来是很深的,后来从上游冲下的泥土多,这小河沟底就高出了很多。

谁都知道这个原因,谁都知道必须要疏通这小河沟,谁都知道这需要钱才能办到的。可是,乡里没这笔钱!县里有一点河道治理专款,那也是"集中财力办大事"修疏大河的,哪顾得上这连小河都算不上的小河沟。

谁都知道没有钱是疏通不了这小河沟的。现在已不是二十世纪六七十年代那个"农业学大寨""战天斗地"的时代,那时只要公社(也就是现在的乡)一发号召,生产队发点口粮就能把水库修起来。现在干什么都要钱,找人挖沙运沙哪样都离不开钱。村委与村民小组也不能无偿派工,再说村里的劳动力都在外边打工,就是能派工村里也只有一些老弱病残的村民和小孩子了。另外,别说没钱,就是有钱,村里的那些壮劳动力也不会回来,因为大家都知道村里能给的工钱绝对要比在外边打工挣得少。也因为没钱,这小河沟也一直没办法修起来。

有时,好消息说来就来。龙农听说县里要拨一点钱给乡里修水利。别看龙农五十多岁了,但机灵得很!他说修这小河沟也可以说是修水利,于是便想着法子到乡里"活动"去了。

就在龙农上蹿下跳地"活动"的时候,龙农的大儿子龙其军回来了。龙其军是村里生村里长的人,村里人自然都知道他,读书不多,但脑子好使,初中只上了一个学期就跟人出去了。几年后比较光鲜地回来过一次,听说他那些年在外边跟别人搞矿挖玉的分得了一点钱。

龙其军不是一个人回来的,他带了好几个人回来。一连几天,他都跟那些人在小河沟里捣鼓什么。村里人问,他说在抓鱼,但只有鬼才相信!

这天晚上,龙农披着一身的疲倦回到家里,龙其军就对他说:"爸,这小河沟我想挖,就包给我挖吧!"

"包你个头,老子连钱都没搞到你包个啥!就是搞到了钱也不能让你包。让你包了别人还不说我以权谋私才怪!"龙农为搞钱正一肚子的气。

"哪个要钱了!我不但不要钱,还保证把挖出的泥沙运走。"龙其军说出了龙农不敢相信的话。

看着龙农一脸的不解,龙其军从一小盒子里拿出一袋亮晶晶的小颗粒对龙农说:"爸,这是我们这几天挖出来的,金砂!"。

尽管,当时在场的除了他们父子外只有一个本家的叔公,但消息还是被泄露出去了。全村各家各户都派人来找龙农说这小河沟是全村的,这小河沟全村人要挖。龙农说,这泥沙要运走的,不能挖得这里一堆那里一堆的,阻塞了河道。

村里人都表示要把那些泥沙运到指定的地方。他们在心里笑龙农:你当我们不知道,这泥沙里才有金砂,不运走这泥沙我们挖这小河沟干啥!

有人还到乡里告了黑状,说龙农把挖小河沟的事私下交给了他儿子龙其军。还有人找到乡里,要乡里主持公道,让每家挖一段。

乡里发话了,龙农只好把挖小河沟的事平均分到了每户,他大儿子龙其军想多分一点都不行。

各家各户都把在外边打工的人叫了回来。因为每户只分了那么宽的面积,要想多挖泥沙,只能往下挖。没多久,那小河沟被村里人挖得很深了。

小河沟的泥沙也运到另一个地方。至于那泥沙中能挖出多少金砂来只有天知道,龙其军只知道他给龙农看的那袋金砂是他从云南带回来的。

虹桥在哪里

张维问包工头刘春是怎么知道他家要盖楼房的,刘春告诉他说是张维的表姐夫介绍来的。这时候张维想起了前几天他表姐夫跟他说过这包工头。

张维这几年搞运输、卖煤赚了不少钱,再加上前不久他那在香港的堂叔伯父给他寄了一笔钱来,他就萌发了在街上的路边盖一座六层楼房的念头。

"张老弟,今天我请客,金月酒楼。"刘春挺大方的样子。

"这怎么行呢?"按这地方的风俗,老百姓盖房子都是房主请盖房子的吃饭的。张维说:"按规矩……"他说这规矩是指本地的风俗。

刘春赶忙说:"按规矩我就该请你呀! 你别客气,给个面子吧!"张维怎么也不明白这"规矩"怎么倒过来了。

酒楼的包厢里,爆炒牛鞭、炖田鸡、铁板果子狸……摆了满满一桌,刘春还要了两个陪酒小姐,说是一个陪他自己,一个陪张维,还说张维要那小姐怎么"陪"都行。

张维这些年虽说也见过世面,但他对这个不感兴趣,对"三陪"小姐有一种天生的反感,他告诉刘春他不要小姐。刘春感到惊讶:"按规矩哪有不要小姐的!"鬼才知道这是什么"规矩"。

"小姐不漂亮可以换一个嘛! 我请的人中没有一个不要小姐的!"刘春说。

光从"某个角度"来说这两个小姐还是可以的,长相不错、穿得薄如蝉纱、领口也开得很低,可是张维就是不喜欢小姐。

刘春边喝着酒边向张维介绍起来了:"老弟,我这可是第一次承包私人的房子,你别看我没那个什么证的,可我以前包的都是公家的大工程。"刘春吃了一口菜继续介绍道:"县里的湘塔宾馆、工商银行那十层的办公楼、林业局那九层的复式宿舍楼……十二座了! 你那六层的楼房还不是小菜一碟!"刘春搂着小姐趁着酒兴滔滔不绝地介绍着。张维想起了表姐夫也向他介绍过,刘春以前包的全都是公家的工程。

"现在竞争激烈了,包工程难了点! 不过我还是有办法的,他们说没有那什么证不能承包建筑工程,可是教育局那座九层的楼我不是照样包下来了吗?"刘春越说越得意,"关键是要会使法子!"

这使张维想起四川那座因质量问题而倒塌的虹桥来,他自言自语地说出了"虹桥"两个字,他说的声音很小。

"虹桥?"这两个字还是被刘春听到了,他脱口而出:"虹桥在哪里？想去游览游览吧,老规矩,费用我全包了!"刘春怕是很久没看报纸电视了。

这会儿,张维更觉得与这"总是承包建公家楼房的人"待在一起的意义不大,便告辞要走。刘春忙叫住他:"哎,咱们那合同的事呢?"

张维回过头来:"等你知道了虹桥再说吧!"

看着张维那远去的背影,刘春拍着脑袋:"唉,这虹桥在哪里呢?"

红箍儿

"交一元钱保管费!"

林凌把电单车停到商场前面那划了线的停车区域,刚蹲下锁上防盗锁,一个人就到他身边对他说。

林凌抬起头,看到的是一张四十多岁的男人的脸,这脸比较黑,皱纹不少。这男人的个子不高却穿着一身较宽大的蓝色衣服,有些像二十世纪七八十年代民警制服的那种蓝色。如果不是他的衣袖上端套着一个皱巴巴的"红箍儿"（也就是红套套）,林凌极有可能把他当成在街上捡别人丢的矿泉水瓶什么的拾荒人。

林凌前几天来商场买东西也是把车停在这里却没人收费,他知道来商场买东西的人都把车停在这个停车区。林凌想可能是市容局在抓市容市貌，整顿乱停放电单车了；或者是社保局为了弱势群体就业什么的。别说是为了整顿市容市貌，就是为了安置弱势群体，这一元钱也算不了什么。于是，他就很礼貌地把一元钱币给了那人。

从此以后，经常到商场来买东西的林凌也经常能看到那人，那人还是那样戴着那很旧而且皱巴巴的"红箍儿"在收费，也经常看到那些停放电单车的人把保管费给那人。估计那些人的想法与林凌也差不多！这乱停乱放管一下也好，再说就是一元钱帮助一个弱势群体的人也不算什么的。

这个商场的客流量比较大，每天来停放的电单车不少，也就是说那人收到的保管费也不少，算一个数目了。林凌知道保管费不可能全部归那人，不知每月要交多少钱给市容局，那人自己还能剩多少。林凌还真是个"吃地沟油的命，操中南海的心"的人。

几个月后的一天，来放电单车的林凌首次发现那人戴的红箍儿比以往稍平展了些，就是这个"稍平展"让林凌隐隐约约地看到了那红箍儿上有一个繁体的"卫"字。他想知道"卫生"的"生"字的繁体字是怎么样的。

他走近那人，只见那红箍儿的繁体"卫"字的两边隐隐约约是一个"红"字和一个"兵"字。

"免费午餐"

改完那篇稿子，顾东看了看钟，离吃晚饭的时间还早。

今天，他初中时期的同学刘永打电话来请他到"海天大酒店"去吃中午饭，说老同学叙叙旧。上初中时他与刘永还挺玩得来的，可惜是刘永的学习成绩太差，初中没读毕业就退学了。后来听说他办了一家私营企业，当了大老板。说实在的，这两年请顾东吃饭的人不少，说是敬重作家，但没一个人是让顾东白吃的，不是某某局长请他"歌颂歌颂"，就是某某厂长让顾东"赞美赞美"。顾东对这类宴会特别反感，他是能躲的尽量不去。刘永是老同学，况且他还说是从市报上看到他的名字后通过报社找到他的电话的，顾东不去多少有些说不过去。

去吃饭前这段时间还可以做点事，顾东想拆完桌子上那堆信。

他每天都能收到许多信。其中相当一大部分都是些"想着法子要从别人口袋里往外掏冤枉钱"的信。这些信中有的就是那种"介绍得如何如何好的人参，待有人将钱汇出去后收到的却成了小萝卜根"的信。有的是"钓鱼"信——先是介绍某种产品价格如何如何的低，待人把钱汇出去后收到的却是一封又一封的向他索要"商品安全费""途中保险费"之类的信，鬼才知道是什么的钱，一点一点地"钓"他的钱，如果不寄这些"费"那以前的钱就白寄了。还有一些是"让幸福自己从天上掉下来"的信，这些信可以随便让人意外中奖,通知某某人你已经中了一等奖,奖品是一部"先进"的家用电脑,但必须寄188(要发发)元钱去买一套什么资料,方能获得领奖资格,同时还要寄88(发发)元奖品的运费去、还要交个人所得税998(久久发)元,有人按信中要求寄了钱去的,"幸运"者还能收到一台早已淘汰的价值五百元左右的旧电脑,当然也有什么都没收到的不幸运者。

不过,顾东收到这类信多数还是沾着点"文化"味的:比如"××编委会"通知说他的某篇文章入选了某某"文集",或者什么"精品选",希望他寄去个人简介、照片之类的有关资料,并寄十套以上这种每套三四百元的文集(不征订者作为不同意入选处理),"××委员会""专函"告诉他,他已入选"××名人录""什么家传录",要他"速寄"个人资料和照片,同时征订十套每套五六百元的该"录",并说明了不汇款者视为不同意入选。还有一种就是通知说他的某篇论文获得了"××奖",请他寄88元钱评奖费、证书费,款到即寄获奖证书(不汇款者恕不寄证书)以供评职称、升职参考。

花五六千元钱买个"名人"或"××家"的空名恐怕只有国有企业的老总们和那些削尖脑袋想往上爬的局长、科长、主任们才会去做的事,那花三四千元钱让别人入选一篇文章的事,除了花公款外傻瓜才会干!顾东不但觉得好笑,更觉得好气:那些诺贝尔文学奖、茅盾文学奖哪个要获奖者出过证书费之类的混账钱!

让顾东感到纯洁的还是"文学"方面,比如说一些征文、大奖赛充其量只收十来元钱的参赛费,顾东前些日子还看到三则启事,"××"杯文学大奖赛免费参赛,不收参赛费。顾东当时为之一振!犹如酷热中感受到习习清风,在茫茫的沙漠中看到了一块绿洲。那天寄出参赛稿件时,他的心里也像三伏天喝了雪水一样清爽。

还有几封信没看，刘永就打电话来催了，只好等吃午餐回来再拆。

刘永也真够大方，那酒那菜都是高档次的。两人一边喝一边聊，谈谈男班长顾东，又谈谈"班花"学习委员于华秀。谈完过去的事又谈现在的事。他俩越喝越兴奋、越谈越高兴，不知不觉地就聊了几个小时。离席时，刘永还硬往顾东手里塞了两条"大中华"烟。

送顾东出酒店门口，刘永说有件事要请顾东帮忙，请他帮写一篇文章宣传介绍他和他的东隆集团。那话多多少少让顾东感到这顿午餐有点失味。

回到家中，顾东又继续拆信。他看到了这么三封信：

"望月杯"文学大奖赛组委会的信：寄来的参赛稿件小说《真》已初选进入复赛，请接到通知后一个月内寄复评费66元到组委会，否则取消评奖资格。

"水影杯"小说大奖赛评委会的函：所寄参赛小说《困》经初评为优秀作品，同时取得了进入一、二、三等奖的评比资格，特向你表示祝贺！请接到通知五十天内寄评奖费、证书费、邮寄费88元来，否则不予评奖（被评为优秀作品的不发获奖证书，需获奖证书的请寄25元证书费到组委会）。

"空度杯"创作大奖赛组委会的信：寄来的参赛稿件小说《惑》已初选进入最后的决赛，请三十天内寄评审费、证书费99元到组委会，即可参加一、二、三等奖的评奖，否则只能参加优秀作品的评比。

这三封信的最后都有这么相同的一句话：获奖作品将结集出版，请每位获奖者再寄180元专集出版费。

这时，顾东又想起了刚才的午餐，不由自主地打了个嗝。

奇　案

　　八星县公安局副局长方利在人们看来是属于那种比较爱动脑筋的官员，虽然已过五十，但微博、微信这些新"玩意"刚出来，他就玩上并很快就玩熟了。

　　可能也是这个原因，他负责的案子破得又快又好，他分管的侦破工作在全省都是排名很前面的。有人说得益他接受新生事物快、脑子不僵化；有人说是因为他爱上网，从网上得到了启发。

　　不过，方利还真是很爱上网，有点空隙他就想办法上网。他上网不仅看新闻、政策，看侦破案件，也看文学作品，还看娱乐八卦，甚至那么七七八八的论坛他也去"逛逛"。

　　这些天，他被当地的一个生活论坛"勾"住了目光。这个论坛这一阵子每隔几天贴出的一些帖子引起了方利的注意。前几天贴出一个帖子说鱼安乡的鱼安街来了两个人到乡里偷狗，被村民们抓住，把他们打得头破血流，还被绑起来扔在一边，并有图为证，那十几张图片非常清晰，几乎记录了偷、抓、打、绑的整个过程。过几天贴出的是一个人贩子到乡里拐卖儿童被村民抓住的帖子，从那十几张清晰的照片中可以看出那人贩子从骗拐儿童到被村民围堵抓住后痛打，最后绑在街边的树干上。图片上显示那人贩子被村民抽耳光抽得满嘴的血，地上还有几颗牙齿。这几天，贴出的帖子说的是一个人调戏妇女被抓住的事，那帖子以图为证，说有个人调戏鱼安街一个妇女被那妇女的丈夫当场抓住，并被其叫来的村民揍得一身是血,并牵着在街上游街。这些帖子都配发了照片,并说明了是哪个村。一个地方接连发生了那么多事,不能不引起方利注意。

这些事属于马副局长分管的治安科管,但这个地方治安案件发生得这么频繁,更何况那些偷狗的、拐卖儿童、调戏妇女的被打成那个样子并游街,也是值得注意的事。虽然,那些不法分子做了歹事,但也不能把他们打伤和游街示众。方利想把这情况与马副局长交流一下。到了马副局长办公室才知道他一个星期前到省公安厅参加集训去了。方利到治安科后大吃一惊!治安科的人说这几个月来鱼安乡没发生一起治安案件,没人来报案,更别说押到派出所,治安科的人今天上午还去了鱼安乡。

方利陷入了沉思。他以前在鱼安乡当过派出所所长,对那里的情况很熟悉,帖子上的照片拍的绝对是鱼安乡,甚至在照片里那围观的人中他还能认出几个鱼安街的居民来。鱼安街是个乡政府所在地,有两千多人,发生了那么多事派出所怎么会不知道?就没人报告派出所?再说,那些违法的人又送到哪里去了?是怎么处理的?派出所为什么要向治安科隐瞒这些事?

方利带着这一大堆疑问来到鱼安乡的街上,派出所刘所长一口咬定说近一个月来没发生一起治安案件。方利不清楚刘所长这么说是怕发案率高影响派出所的评先,还是怕这些事的曝光会影响他竞争副局长的职位。局里有一个副局长的缺位,组织部说要在公安系统通过竞选的方式选拔。

方利决定绕过刘所长与派出所的人自己上街去暗访。他只身一人熟门熟路地找到了鱼安街周门群、周木春、周火木这些老街民,这些都是方利在这当所长时的老熟人。一番叙旧之后,方利旁敲侧击地把话题往这方面引。周木春当时说了一件怪事,他告诉方利前些日子有一伙人在街上抓住一个拐卖儿童的,那伙人把那人贩子绑起来实实地打了一顿,农村人最恨拐卖儿童的,当时本街上的人也要加入打人贩子的行列,可那伙人不让本街的人打,只能他们打,打完就把那人贩子塞进一个车里拉走了。周木火也说那个偷狗的和调戏妇女的也是一样,只能那伙人打,不让本街的人参加打,打完之后牵着游了一会儿街就用车子拉走了,也不知道把被打的人拉到哪去了。周门群说那偷狗的、调戏妇女的和人贩子都是外地人,打他们的人也是外地人,也不知是哪里的人。

　　方利突然感到了问题的严重。为什么不在他们本地打外地人,打完又不交给当地公安机关,而是塞进车里拉走了。方利知道打人的通常是打完丢下就走,绝不会把被打的人送去医院的。可是,那伙人把被打的人用车拉到哪里去了呢?方利不能不想到前些时候媒介上报道的黑煤窑和割人体器官出卖的那些事。在他的建议下,公安局局长立即布置对此进行专案侦破。

　　案件很快就"破"了。不过,结果却大大出乎方利的意料。那些打人与被打的人真是外地人,但他们都是行为艺术家,他们导演了在鱼安街的那些抓、打、绑、吊、游街的事并拍了照片发在诸多论坛上,是为了给大家警示并震慑违法分子。

保　护

　　"缴"的基本词义是交纳、迫使交付,而"交"基本词则是主动交付给另一方。这两个词让郑西南演绎得非常"得体"。

　　郑西南不是大学教授,更不是中文专业的教授,只是一个只有初中文化的小饭店老板。他与普通老百姓或者说这县里的小老板的唯一不同那就是他母亲救过县委书记方宏的命。就是因为这个不同,就使得一个只有初中文化的人能非常自如地玩弄着这"缴"与"交"两个字。

　　他母亲救方书记的命虽说是四十年前事,但在方宏心中和郑西南的嘴上就像是昨天的事。那时,方宏父亲早亡,母亲改嫁,他东家一口西家一碗地吃着百家饭。这百家饭多是一些剩饭残汤而已,那时乡亲们的日子过得艰难,吃的也是些杂粮稀饭掺菜帮子,很少有剩饭,方宏那时也常常是一天吃不上一餐饭的。一次,在山上摘野果充饥的方宏昏倒在荒野之中,已奄奄一息,被上山砍柴的郑西南的母亲背回家用米汤救活了。方宏参加工作后,每年都要回村看望郑西南的母亲,就是当了县长和县委书记也会每隔一阵子就将她老人家接到县城住几天。有几次,方宏与几个部门的头头到这乡里检查工作时,还到村里去看了郑西南的母亲。

　　方宏在郑西南的嘴里不是"县长""县委书记",而是"哥"。这"哥"对郑西南真不错,把他从农村安排到县纺织厂当合同制工人,又将郑西南从那濒临倒闭的纺织厂调到县邮电局工作。邮电局这单位很不错,但看到别人发财的郑西南就从邮电局停薪留职出来开了这小饭店。

这小饭店说是饭店,也是比排档略好一点,而且位置不是很好,菜也很普通,可生意非常火爆,开业两个月来天天爆满。因为,虽然这小饭店根本够不着接待一些会议用餐的标准,更不够县委书记用餐档次,但方宏不仅经常在这里用餐,也常把一些接待用餐和会议用餐安排在这里。有了县委书记的"表率",县里一些部门也纷纷在这个小饭店用餐。后来,市报一个不知内情的记者就县委书记带头在小饭店用餐进行了报道,使得这个县这年还成了全市的"节俭"榜样和节支的先进县——这当然是后话了。

生意这么好,工商、税务、质检、卫生防疫、环保等一些收税收费单位也得履行职责,有的尽管也是象征性的,但这些部门的"通知"送来后的结果都是让郑西南丢在了一边。丢完了后也是一个同样的结果——也没见哪个单位拿他咋样。虽说这县里多数单位的领导知道他与方宏的关系,但也有些单位不知道的,这些单位有打电话来催的,有发书面通知催的,郑西南都不在乎。如果哪个单位把他惹急了,他就让方宏请这个单位的领导来这小饭店吃饭,结果那个单位的领导吃了这饭后不仅不再提那催的事,还得为这餐饭"埋单"。那天税务局的人来发催缴通知书催他依法缴纳税款时,他也让税务局的通知"享受"了与其他那些执法单位的通知的"同等待遇"。

这天,进来三个人与郑西南讲了几句话,拿出一张"发票"说是要他报销。郑西南二话没说就忙拿出一把人民币毕恭毕敬地递给他们,连那张"发票"都没要。

这三个人对郑西南说他们这两个月"保护"了小饭店,没让人到这个小饭店来闹事,郑西南得付"辛苦费"。这三个人郑西南认识,都是街上的小混混。

主动"上当"

这样甜甜的青春女声从旅途开始就陪伴王大妈与老伴周大伯。

"奶奶,您上台阶时慢些! 没关系,我会等着您的!"

"爷爷,让我替您拎包吧,这包重。"

"爷爷,您扶好栏杆,这地上有点湿。"

"奶奶,您要风油精吗?"

······

这不是他们的孙女,那些话也不只是对他们老两口说的,整个旅游团的人都听到过这让人心甜的声音。这是他们这次"夕阳红"老年旅游团的导游——方芳的声音。旅游团的老人的年龄都能做她的爷爷、奶奶了,方芳对老人们都以爷爷、奶奶相称。

好久没听到这种问候的王大妈与周大伯听了感到特别亲切。他们有三个儿女、一个孙女、一个孙子和两个外孙,大儿子与女儿在外地工作不能常回来,小儿子住在城南离这城北老远,也是三五个月回来一次,有时半年都没回来一趟。就是过年和他们老两口的生日时,也多是收到儿女们汇来的钱和听到儿孙们打来的电话。这些年来,儿孙们跟他们讲话的时间都很少,像方芳这样的话更少。也就是无聊,老两口就报名参加了旅行社举办的这次

"夕阳红"老年旅行活动。老两口的退休工资不低,不差钱!这一路上,老两口感到方芳就是他们的孙女儿。

这一路旅行中他们老两口不仅听到了方芳那亲切的声音,更是得到了她无微不至的照顾。他们老两口与几个老人都说方芳像自己的孙女,都要送礼物给她。可方芳告诉老人们这是她的职责,还说导游不能收游客的礼物的,收了就会被开除。

方芳不仅对老人们关心,还不像其他导游那样动不动就把游客往工艺品店和土特产商店里带。路人皆知旅游界里有个"潜规则"——导游将游客带进这种工艺品店和土特产商店,商店就按所带的游客购买商品金额的一定比例提成给导游。现在一些旅行社的导游工资不高也没有奖金,导游主要靠这块提成增加他们的收入。这种商店的商品价格特别高,比其他地方高出许多,在这种商店买东西可就当冤大头了。这种"潜规则"王大妈老两口知道,得知他们出来旅游,儿女们也特别提醒他们不要到导游带去的这种商店买东西。

从几个旅游景点下来,游完最后一个景点后方芳把老人们带入了一个卖玉器的工艺品商店。这时,大家都想到了那"潜规则"。周大伯对玉器比较在行,他更明白了。比如,他看到这商店里的一只玉手镯标价 600 元,但从成色与品类来看顶多值280 元。

多是些老成持重的老人,在这商店里看的人多,买的人少。他们这个旅游团就几个老人买了几个几十元的小玉佩。

从这工艺品店出来,虽然一丝惆怅从方芳的脸上一掠而过,但她又很快笑容满面地对大家说:"爷爷、奶奶,检查你们的东西都拿完了吗?遗失了东西会给您的旅途带来不快。"

"奶奶,小心脚下的水!"这时方芳又急切地提醒道。

这虽然不是在叫她,但王大妈感觉到就是自己的孙女在提醒她。方芳刚才那一丝惆怅此时浮现在王大妈的脑子里。

已走出工艺品店的王大妈又折身进店连价都没还就买下了那只600元的手镯,周大伯非常高兴地帮老伴付了款。

拿着这手镯,老两口没有一丝后悔,反而特高兴。回来后,老两口不时拿出那手镯来看,儿孙们谁说这手镯买贵了,老两口都会跟他急!

尊 重

刘艺调回作家协会不久就得到了一次外出"考察"的机会。现在的"考察"与以前那种纯粹的以考察的名义去旅游要"谨慎"多了,只是在走走看看之后有一两天时间在风景区内"自由活动"而已,这也是"汤"与"药"的比例的变化。

这是刘艺时隔25年后再次以作协人员的身份参加外出"考察",刘艺在农机局、水果局这些年也不是没有"考察"机会,但那感觉却不如他以前在作协时外出"考察"时惬意。就说25年前那次"考察"吧!在游览过程中游客们一听说刘艺是作协的,旅游团里的人们立即自然而然地、非常崇拜地围在他身边,男青年除了虔诚地向他请教文学外,还争着帮他提包、拿衣服什么的,女青年们就围在他身边像百灵鸟一样叽叽喳喳地问文学方面的问题,就是旅游团里的中老年人的眼神里对他也是充满了崇敬。这种明星般的感觉就是刘艺以后在农机局、水果局当了科长后外出旅游时都感受不到的。

　　25 年后的今天,刘艺从一个三十出头的青年变成了近六十岁的老头,他也从科长的位子上退下来当主任科员了。这天,按"考察"行程是参加当地的一个两日游,作协与他一起来"考察"的那位同事有事提前回去了,刘艺只好一个人独自完成剩下的"考察"了。这不,他跟着旅游团与其他游客一样一边欣赏着风景,一边拍照。大家各玩各的,谁也不管谁,也几乎没有什么人注意他这个半小老头,旅游团里有六七个姑娘和三个少妇更没谁注意到刘艺。尤其是那些女人这一路上都围着两个大款似的人在请教着买房地产投资和炒股的事,刘艺此时最能体会到和那大款的感觉。

　　刘艺知道大家都不知道他的身份,作家们固有的谦虚与矜持使刘艺不可能像祥林嫂一样告诉别人自己是作家。偏偏这一路上就没人问过刘艺是哪里的或者哪个单位的。尽管刘艺有意无意地在一些诸如碑林之类的地方特别认真地看,也没人注意到他。一个中年妇女请刘艺帮忙提了好一会东西,也只说了声"谢谢",并没有象征性寒暄一下,比如问他是哪里的人。

　　在爬长长的石梯时,刘艺突然放了一个屁,刘艺虽然在旅游团的最后一个,但那屁的声音比平时稍"洪亮"了一点,前面有人听到了,有人回过头来看了看刘艺,有个年轻人回过头来笑着看了看刘艺,问:"大叔,哪个单位的?"那问的语气中有较浓的"调侃"味。

　　刘艺脱口而出:"我是作协的。"可话一落音,他就后悔了,因为刚才那屁虽说是人之常事,但多少有些"不雅",自己说是作协的,多少有一点给作家"抹黑"的感觉。

　　这时,前面好几个人都回过了头来,因为刘艺说那声"我是作协的"的声音比平时大了一点。那些回头来看刘艺的眼神里都充满了尊重，几个姑娘与少妇还往下走，来到刘艺身边。她们非常佩服地对刘艺说："大哥，你真了不起！"说话中那神态充满了尊重，让刘艺一下子就找回了 25 年前的感觉。

"没什么，没什么，真没什么了不起的！"刘艺还如 25 年前一样的谦虚。

"大哥，您太谦虚了！"一个姑娘说。

"您太幽默了！"一个少妇说。

"是呀，是呀！"好些人都附和着说，"大哥，你一个做鞋子的能参加这么高级的旅游团，绝对不是一个简单的人！肯定是一个了不起的人！不是哪个鞋业集团的老总，就是哪个市领导的岳父，或者是某位省领导的亲家。"

我要做男人

刚满五十的赵二成生了那病，竟生在那个地方，就是男人那玩意得了癌。

得癌症已十分不幸，那个地方得就更不幸了。在这么一个穷山村里得了那病基本也就可以说没办法了，医师说要做手术切除，还要化疗，这上上下下、七七八八的算下来怎么也得六七万元，在这个穷乡村里这是一个天文数字。可是，天上偏偏就掉下一个馅饼来，一个全国性的医疗扶贫救济组织知道了这事，将赵二成列作了帮助对象，帮他解决所有的治疗费用。真是不幸中的万幸呀！

这不是每一个患者都得到的，这可是体现国家关怀的一件大事，电视、电台、报纸、杂志相继报道了这事。可赵二成就是不去，他说把男人那标志性的玩意割去就与过去的太监一样，也就没办法干那事了。年过半百的人不干那事也没什么，可那唾沫还不淹死人。那年村里有个退伍军人响应国家计划生育号召做了结扎手术，在村里就抬不了头，村里人说他不是男人、是太监，弄得他在村里待不下去了，就全家出去打工，再也没见回来。如果赵二成那玩意被切除了还不知道以后在村里怎么过，儿女都要被人笑话！

可医师说不做手术就活不了一年，更何况这体现着政府的关怀，他就是不去也不行了，县里、县卫生局、乡里、村里的领导连推带拉地把赵二成拉到了医院。

在医院里，县卫生局的领导、乡领导，甚至分管卫生工作副县长都来看过他——当然电视台也随领导对这"看望"进行报道。一时间，赵二成就成了县里的"名人"。为了体现"关怀"，电视台将对手术情况进行跟踪报道。

可是，就在手术的前一天，赵二成失踪了。这可把大家急坏了，医院、医疗救助机构、家里人、县里的领导、卫生局的领导、乡领导，甚至村领导都在找。亲戚家、朋友家、儿女家、儿女亲家家里、父母的坟头、寺庙、公园……都没有，连警察都出动了，都没找到。

会不会舍不得明天就要切除命根子，一个人偷偷地躲在哪儿哭，还有人猜他想一个人独自再看一眼即将切除的命根子。大家都在等着赵二成早上奇迹般的出现在病房。

第二天早上，病房来了一个人，可不是赵二成，是离赵二成村子十几里的黄庄的孙翠姣，她红着脸递上一张纸条，她说她一大早起来就没看见赵二成，只见他留在枕头边的这张纸条，他让我交给你们。大家这才想起现在寡居的孙翠姣是赵二成的初恋对象。

大家见那纸条上写：我要做男人！

从那以后，再也没有人看到过赵二成。

"好友"

刘艺电脑显示屏右下角的 QQ 标志在不停地闪着，这是有人要加他为 QQ 好友。

他点开那标志一看，是一个网名叫"秋风迎雪"的网友请求加他为 QQ 好友，刘艺不是一个喜欢在网上闲聊的人，他从"秋风迎雪"的 QQ 空间里的资料来看对方是一个 27 岁的女孩。

"请问，您是哪位？"刘艺的 QQ 是用来联系工作和朋友之间联系的，他加的好友多是认识和经过认真斟酌过的。他不知道这"秋风迎雪"是哪位朋友或同事。

对方回复："我们不认识。我看到你这网名很有特色，吸引了我。"刘艺的 QQ 网名叫"紫叶蓝花"，还真有一点特别。

"从这网名可以看出你是一个非常有品位的人！"还没等刘艺回复，那边又留言了。

"其实，我也不是你想象的那么有品位！"刘艺说的是真话，他只是一个普通的公务员，那网名是他把自己种在阳台上的那两盆花的形态"合成"的,那是一盆紫色叶子的植物和一盆开蓝花的植物。

"你别谦虚了!跟你这么有品位的人做网友一定会受益匪浅。"对方回复过来,她聊"趣"很浓。

是不是哪个熟人披了"马甲"来套他的"心里话"?刘艺琢磨着对方是什么人。现在,经常有一些人另注册一个 QQ,将朋友或熟人加为好友,然后以陌生人的身份跟其聊天,引诱这朋友或熟人说出一些平时不敢对熟人与朋友说的话。这些人有些是开玩笑的,有的是"恶作剧"的,有的则是心怀不良的。去年,科里的小姑娘张萱被她的恋人用一个新 QQ 号套出了她的一些隐私,她的恋人跟她分手了。前些日子,财务科的小伙子马俊还被一个熟人用新 QQ 号披着"马甲"骗他说出了他喜欢同科的一个少妇的事,这事一时在单位传成了笑话。

刘艺小小心翼翼地回复着:"别这么说,相互学习,共同进步!"简直就是外交辞令。刘艺知道那些被熟人或朋友以陌生网友的身份引诱"吐真言"后,那真言或成了朋友的笑柄,或成了大家的笑料,甚至还成了把柄。

"不介意我这么唐突地加你为好友吧?"对方说,"多一个朋友就会多一点收获,也会多一点积累。"

对方这么说,刘艺就更加怀疑对方是自己的熟人或朋友"装扮"的。因为,刘艺很清楚自己有几斤几两,也实在想不出自己哪点水平能让别人有什么收获。他一边如实地回复对方,一边猜测着对方是哪位朋友。

"你工作愉快吗?一家人在一起快乐吗?"对方不厌其烦地找刘艺"聊"着。

以刘艺的性格,别说他是没时间,就是有充足的时间他也不愿跟陌生人谈这些话题。

"你有小孩了吗？是男孩还是女孩？"对方"聊兴"很浓，半个小时快过去了，刘艺还是没判断出对方是哪个熟人和朋友。

对方还没有停止聊天的意思。时间却在一分钟一分钟地过去，刘艺实在忍不住地又问了一句："请问，您是我认识的哪位朋友？"

对方沉默了好几分钟后回复过来："你别猜了，我们根本就不认识！我是随机加你为好友的。"

一会儿，对方像猜出了刘艺的心思地"说"出了自己目的："就是为了多一个 QQ 好友，能多偷一点菜！"

刘艺当然知道对方说的偷菜是 QQ 里玩的一种"偷菜"游戏。

印象这东西

刘阳与赵文是一个科的，又住在一个大院里。

刘阳给大家的印象很好，大家都说他有知识、有修养、待人礼貌、举止文雅。结婚七八年了，他与妻子仍像新婚夫妇一样相亲相爱、相敬如宾。

刘阳不但对妻子好得让人眼热，还对妻子十分忠诚。刘阳长得很潇洒，很得女孩子青睐，他结婚好几年后还有姑娘写信向他表示爱慕之意，有个姑娘还说只要能得到他的爱，结不结婚都无所谓！还有好几个少妇缠着与他见面。在婚外恋已不是新鲜事的今天，刘阳硬是没让那些姑娘少妇来当第三者，自己也不去当。

他这一点是最最受大家称赞的。单位里的女人警示丈夫不要在外边乱来时都说："你向刘阳学着点！"

赵文就是另一番情形了，他粗鲁俗气不说，单位他那生活作风就让人不敢恭维。他的情妇起码有一个加强班，比他的衣服还要多。他不但经常与情妇在外面钻树林、包房间，甚至还把情妇带回家来鬼混。他老婆讲他，他就狠狠地揍她。揍过几次之后，他老婆也不敢讲了，只是无可奈何地说他只要不把女的带回家，在外面怎么样就随他的便了。虽说这年头这种事也不算什么大事，但人们还是很鄙视他。人们都说，他与刘阳相比真是一个在地上，一个在天上。还说，住在一个大院内差别怎么这样大？

一天，刘阳在朋友家喝醉了酒出来，遇见本单位的徐娜，徐娜说送他回家。在路上又邀刘阳到她家去，说是"小坐片刻"。徐娜是位刚满三十岁的女人，丈夫在外地工作，她以前曾几次约刘阳到她家去都被拒绝了。此时，刘阳就迷迷糊糊地到了她家，在她的百般挑逗下又迷迷糊糊地被她弄上了床。可是，不知道怎么走漏了风声，被刘阳的妻子堵在了屋里。

这种事情传播的速度特快！不久就满城风雨了，单位里更是议论纷纷的。

"哎，真看不出来！刘阳这小子平时道貌岸然的，暗地里竟干出这种事来，真把大家都给骗了！"

"他为了骗老婆，表面上对老婆很好，大姑娘送上门都不要，谁知他连徐娜这种骚货的床也上。真是'知人知面难知心'呀！"

"还不如人家赵文诚实。赵文跟别的女人混从不装模作样，而是光明磊落。"

"可不是嘛！人家赵文就敢做敢当，虽然也在外面搞女人，但从不骗老婆。"

一时间，单位里的人看见刘阳就像遇到瘟神一样，看他的那眼光里充满着对小人的鄙夷和被愚弄欺骗后的愤怒。相反，赵文在人们的眼里变成了一个诚实的人。

这个时候，赵文在人们眼里比刘阳好多了。

都是香烟惹的祸

刘东开始是不准儿子养那像小毛虫一样的蚕，可他那刚上小学四年级的儿子跟他撒娇说班里好多同学都养那玩意，况且儿子已用他的零用钱买了，刘东也就同意了。儿子养蚕玩虽不是好事，但也算不上是件坏事呀。

这一同意就来事了，养蚕要桑叶，可这城里哪有那东西。虽然，儿子的学校门口有时有老太婆提一小篮桑叶，一毛钱三张五张，但也不是常有卖。刘东让儿子吵得没办法，只好答应帮他去郊区采桑叶。

刘东左打听右打听，办公室的小张说好像郊区那化工厂里以前有一棵桑树。刘东就试着按小张的指点找到了离县城十多公里的化工厂。果然，有一棵桑树在一个旧仓库旁。这化工厂已倒闭，这仓库被几个有附近打石碴的人租了隔成几个住房。这天，仓库里只有一个可能是看家也可能是为那几个人煮饭的人。

那人问刘东采桑叶干啥，刘东说是帮儿子养蚕。那人跟刘东说："你自己采吧，我有事不能帮你的忙了。"

后来，刘东去了几次，那人都在那里，每次都跟刘东搭上几句话。这天,刘东采了桑叶后,想起口袋里有几支香烟。刘东其实是不抽烟的,这烟是他今天去帮岳母办房产证时特意买的,还剩几支。刘东就把剩下的香烟给了那人,那人挺高兴,还说刘东以后要采桑叶随便采就是了。

五天后,刘东再去摘桑叶时发现已换了人。那人说这是桑叶是公共财产,怎么能随便乱摘。刘东只好请他关照,那人说不行。不让摘就麻烦了,不要说是十几公里路白走了。这蚕总得要吃呀,回去怎么向儿子交差!

刘东然见那人嘴里叼着一支香烟,忙到前面三公里外的一个路口那小店买了一盒档次不低的"湘山牌"香烟。当香烟递到那人手上时,那人说你大老远地来一趟不容易就摘一点吧!还帮着把一大把桑叶塞进刘东带来的包装袋里,说以后要桑叶尽管来摘。

可是,刘东一个星期后再来摘桑叶时发现那守护人又换了。这新守护人也是这么对刘东说的:这桑叶是公共财产,怎么能随便乱摘!

见义勇为

"抓小偷呀!"传来一个女人的尖叫声,可这满街的人连头都没回,这不是冷漠,而是习以为常,这里已没人管这种"闲事"了。

在安城这个地方,现在别说是小偷偷东西,就是有人持刀在大街上抢东西恐怕也没人管。有人说没正义感,有人说是明哲保身,也有人说是见义勇为机制跟不上,见义勇为伤了残了自己吃亏。不管是啥原因,反正这里的小偷是没人抓的。

可今天就奇怪了!只见一个穿夹克装的中年男子跑上前抓住了那小偷的手。谁知那小偷甩开"夹克装"的手,从身上抽出一把刀来对"夹克装"说:"你真是吃多了,管闲事放你的血。"声音很凶。这时旁边围了好些人,却是看热闹的,谁也没帮"夹克装"。有的还劝"夹克装"算了,别管那么多,说这种事管不完的。有的人看"夹克装"面生,心想:这外地人不了解本地的情况,也难怪!这小县城人不多,本县的人多认识,许多人都认定"夹克装"是外地人。

"夹克装"没有畏缩,而是劝那小偷把偷来的钱还给失主。从"夹克装"的声音听出他果然是外地人。那小偷根本就不理会"夹克装",转身就走。"夹克装"抓住小偷的衣领,并顺手将小偷反手刺过来的刀打掉在地,将小偷的手反扭着。这时,围观的人惊讶得不能再惊讶了:现在还有人管这种事!一些人还为"夹克装"担心,一是担心人群中有小偷的同伙,二是担心小偷等一会召集人来报复"夹克装",毕竟"强龙压不过地头蛇"。

这时,从人群中走出来两个人,他俩向小偷出示了警察证,把小偷带走了。人群中一个挎着挎包、手拿着一支钢笔大小话筒的女子,将话筒递到"夹克装"的前面:"您好,我是省电视台'社会见义勇为行为'暗访报道组的记者莫兰,我们在这里进行了一段时间的暗访,你是我们在这里拍到的见义勇为的第一个人。听你的口音不是本地人,你到这里是出差还是访友?请问你为什么在没有人帮助的情况下敢抓这个小偷?……"

这个报道很快就在省电视台和县有线电视台播出了。这时,大家才知道,省电视台开办了一个"社会见义勇为行为"专题系列报道栏目,近期派出了许多个暗访组在各地进行暗访拍摄,记者携带隐蔽的拍摄设备到公共场所拍摄抓小偷等见义勇为行为。这些记者身边都有便衣警察保护。

没几天,安城县抓小偷的见义勇为行为蔚然成风。因为,许多人都知道暗访记者就在人群中,更是从报道中知道了暗访记者身边都有便衣警察。

永远的文物

绍军打来电话说那件东西要在纽约一家拍卖行拍卖。刘东立即让绍军帮他报名,他要参加竞拍。绍军是他的朋友,对外称是他的律师。

刘东这几年穿梭于各个拍卖行,竞拍到好些流失在海外的中国文物,并把这些文物捐赠给国内的博物馆。绍军说的这件文物是一个小青铜鼎,这对刘东来说是一件小文物,当然是志在必得的。

这天,刘东在拍卖会上又看到了富奈斯谛,这可是刘东的老"冤家"了,他经常出现在纽约拍卖中国文物的拍卖会上,几次竞拍中最后就成了他与刘东之间的"较量"。他让不少中国文物收藏家多付出了不少钱。

果然,这次也是如此。这件小青铜鼎起拍价为 10 万美元,富奈斯谛一下子就举到了 35 万,这么大的幅度在西方的文物拍卖行的拍卖中是不正常的。志在必得的刘东举了 36 万。富奈斯谛不示弱,一下子举到了 40 万,刘东还是加 1 万的跟着举牌。就这么拍了一个半小时,拍卖行宣布中途休息二十分钟后继续进行拍卖。

刘东从洗手间出来,他那正在上小学的宝贝女儿在手机上给他发了一个"吻你"的表情。紧张的间隙想到那宝贝女儿,刘东的心情好多了。他每次一回到家,他那宝贝女儿就像一只小鹦鹉一样围在他身边叽叽喳喳,问这问那的。她的问题幼稚得让人喜爱,那幼稚中充满了天真烂漫,让他特别快乐。就在他来的前一天,她还问了刘东一大堆幼稚的问题。

"爸爸,为什么要把那些文物买回来?不买回来那些文物会像白菜一样坏掉吗?"

刘东告诉她说那些文物代表着中国古代的文明,因此应该回到中国人手中。

"爸爸,如果那些文物在外国人手中他们会扔了吗?会砸坏吗?"

刘东当时还被女儿的天真弄笑了,他对女儿说:"不会,那些文物价值高,他们不会扔掉,也舍不得砸坏。"

"爸爸,那些文物在外国人手中就不能代表中国古代文明吗?"女儿真是怎么想就怎么问的。她甚至还突发奇想地问:"咱们中国那么多古代文物,留一点在外国人手中让他们了解咱们中国的古代文明,不行吗?"

正想着,拍卖又继续了。富奈斯谛加到了 45 万,刘东稳妥应战,加到 46 万。富奈斯谛却一下子加到了 70 万,让在场的许多人都惊讶了,来这里的有许多文物专家,都知道这个小青铜鼎虽说年代久,但世上存量不少,因此这个小青铜鼎价值也不过 15 万美元到 20 万美元。大家都明白富奈斯谛是在跟刘东赌气。

可是,刘东还是不甘心,又加了一万。

"85万?"当富奈斯谛报出这一数字时,在场的许多人说不是富奈斯谛疯了就是大家疯了,可还是有一些人看出了富奈斯谛是在利用刘东爱国回购中国古代文物的心理而狠狠敲诈刘东。因为,刘东每次都没放弃而拍到最后,也是每次都必定要拍到手的。

可是,刘东却停止了举牌,让所有了解他性格与风格的人都不理解,谁都知道八九十万对刘东来说也不是什么大数字,而且刘东与富奈斯谛斗从来就没让过步的。

然而,让刘东停下来的却是女儿前些天问他那话。

约　会

看到方先生一大早让宾馆服务台转交给刘东的字条,大家都一筹莫展的,谁也不知道方先生去哪里了。

方先生可是市里请来的客人,一位美籍华人投资商,市里很重视与他的合作,他这次来,除了市领导陪同他考察外,市里还专门安排了办公室副主任刘东全程陪同,并负责安排方先生的生活及游览。

刘东这次可谓尽心尽力、无微不至了,安排方先生住全市最好的宾馆,吃的都是烤全羊、烹王八之类的名菜美味,唯恐招待不周。

方先生在字条上说是去找老朋友,但没说去哪里,更没说这老朋友是谁。刘东这下子着急起来:据这几天与方先生的相处,刘东了解到方先生生在美国、长在美国，仅 30 多年前来过这里一次，可现在的城市与 30 多年前可是完全"改了版"，他的助手更是第一次来这里，他们这么出去，走错路的可能性很大。

刘东打电话给方先生的助手，他的助手回答说方先生今天找老朋友是私人行动，希望不要打扰。这让刘东更纳闷：这么神秘，到底会什么人？刘东知道方先生 30 多年前那次来这里还不到两天时间，应该不会那么快就交上朋友。刘东也想，就是朋友也不必那么神秘呀！

莫非？刘东突然意识到方先生会不会是去找以前的女朋友。可是，刘东还是纳闷：方先生 30 多年前在这里只待了两天时间怎么会那么快就交上了女朋友。虽然这么猜测不礼貌，但刘东还是好奇。他又一想：也不奇怪！30 多年前，方先生正是 20 多岁的青年，再加上西方的观念，就是有个什么"一夜情"的也不奇怪。可就算是一夜情后对方留下了姓名，这时隔 30 年后怎么能找到呢。莫非是市里的某某女子到美国留学与他交的朋友？可找情人怎么带上助手？不过助手也是美国人，就是对方先生有情人也不会少见多怪的……反正，刘东是揣着一肚子疑问。

下午，方先生与助手回到了宾馆，早等候在那里多时的刘东迎上去关切地问："找到了老朋友吗？"

"找到了！找到了！"方先生脸上洋溢着喜悦，激动地说："三十多年了，她一点也没变！"

这可把刘东吓了一大跳，30 多年一点都没变，那还不成了妖精！

不容刘东展开猜测，方先生又感慨地说："那家'独峰'桂林米粉的味道还与 30 多年前一样好吃！"

平　息

　　宾局长今天上街了,这是他两年来第一次上街。他在街上转了一圈,嘻! 真新鲜,街上变样了,幢幢新砌的高楼,他来到百货商店,一进门,一阵争吵声传入了他耳朵里。寻声望去,左边的日杂柜台边围了一堆人,吵声就是从那里传来的。

　　"出了柜台,我们就不负责,这是我们柜台的规则。"女高音。

　　"东西是坏的,我就要换,谁愿花钱买个坏东西。"男中音。

　　"那你当时为什么不讲?"

　　"我哪晓得它是坏的。"

　　"……"吵得很厉害。

　　宾局长是要解决这个问题。费了好大的力气才把他那发福得厉害的身子挤到柜台边。只见柜台上竖放着一个手电筒,电筒盖另放在旁边,一个中年售货员跟一个青年农民正吵得厉害。宾局长手一指,严肃地对那农民说:"别吵,别吵,有话慢慢讲嘛! 吵能解决问题吗?"他又转过脸来问那个售货员:"发生了什么事情?"

　　那售货员见有人来调解了,便把发生的事情对宾局长讲了一遍。

　　原来,那个农民来买手电筒,付了钱以后,他走到商店门口拧开电筒,发现电筒后盖的弹簧从卡片上掉脱了,就回柜台要求调换。但柜台上有一个规则:钱货离了柜台就不负责。那农民一定要换。一个要换，一个不给换，两人就争起来了。

那青年农民见宾局长像个官，就向他申诉道："同志，您说这合不合理？我打开电筒，弹簧就掉了出来，我请她帮我换一个，她硬不换，还说是我拧坏的。"

"我哪知道你是怎么搞坏的？乱拧坏了也要换吗？那我们整个商店也不够你换。"售货员抢过话头说。

宾局长觉得她讲得很有道理。是呀，如果能换的话，那弄坏了一个又换一个，那怎么行呢？于是，他对那农民说："你这个就不要换了，坏了又换不合理嘛。再说柜台上又有那么一条规则。去花五分钱，不要两分钟就可以修好了，何必在这里争。好吧，回去吧！"宾局长到底是当过几年局长的人。

"可是，我没有弄坏它呀，弄坏它对我有什么好处？再说，我离开柜台不到一分钟，又没有工具，怎么能把弹簧弄出来呢？"那青年农民不愿蒙冤。

"话可不能这么说，我两个指头不要十秒钟就可以把一台录音机弄坏。"宾局长反驳道。

"那照你的意思，这电筒就是我搞坏的？"

"……"又争起来了。

正值争论得激烈之际，从人群后面挤进一个穿着一身半新旧工作服，挎着一个工具袋的中年汉子，他拿起柜台上的电筒看了看，从工具袋里掏出一把胶钳就拧按起来。果然，不到两分钟，他就把那弹簧按进了卡片。

"好了，没坏！"那穿工作服的把电筒盖往那青年农民手中一塞，"快回去吧！"

那青年农民接过电筒盖，谢了一声就走了。那中年人也走了，围观者们也纷纷散去，柜台前只有宾局长一个人站在那里。

心　愿

　　张军有个最大的嗜好,那就是放鞭炮!

　　这个在东门街开"荣军"小自选商场的小老板没有什么别的爱好,他不抽烟、不酗酒、不贪色,就是特别喜欢放鞭炮。张军爱放鞭炮的名气可大了! 在这个小县城里,可能有人不知道国务院总理是谁,但绝对没有人不知道爱放鞭炮的张军。

　　这张军爱放鞭炮到什么程度呢? 这是常人想都想不到的。据说,他是整天地想着法子要放鞭炮,三天不放鞭炮手就痒,而且茶饭无味! 听说,人家给他介绍对象时,他就声明了要找一个不反对他放鞭炮的。在结婚时,他告诉妻子说她管什么都行,就是不能管他放鞭炮,如果她做不到这点他宁可不结婚。

　　张军养成这个爱放鞭炮的嗜好是有原因的。据说,他小时候与别的孩子一样都爱放鞭炮,看到别人家的孩子放鞭炮手就痒,可是他家里穷没钱给他买,所以他只好到别人放过的鞭炮屑里捡那没炸的来玩。为能在过年时买一盒八分钱的鞭炮,他要从年头盼到年尾,就是过年时买了一盒鞭炮还得省着放。那时候,他最大的心愿就是能好好地放一次鞭炮,他发誓以后有钱时要痛痛快快地放一次鞭炮。

　　到第一次挣钱时,他买了十几盘"震天响"的鞭炮好好地放了一个多小时。从那以后,张军放鞭炮就一发不可收拾了。

　　逢年过节是他放鞭炮的好时机,大年三十、大年初一、元宵节、端午节、中秋节、重阳节之类的节日他要放鞭炮；平时"三八"妇女节、"五一"国际劳动节、七一建党节、八一建军节、国庆节他要放鞭炮庆祝；甚至植树节、五四青年节、六一儿童节、教师节他都要放鞭炮；近年来，他连外国的情人节、圣诞节和伊斯兰教的古邦节等一些宗教节日都要放鞭炮。单说过年吧，吃年饭时他放一大盘鞭炮，除夕夜快到零点时放一盘鞭炮辞旧，新年的钟声刚响放一盘鞭炮，新年初一早上起床放一盘鞭炮迎春！新年吃第一餐饭时要放一盘鞭炮庆贺。从大年三十到元宵节他家是天天放鞭炮。

平时，他家每次来客人他放一盘鞭炮欢迎，每次客人离开他家时他也放一盘鞭炮表示欢送。他家里的人过生日他要放鞭炮，就是亲戚朋友过生日他去庆贺时也要买一盘鞭炮亲手放了。县城哪家办喜事他随上一份礼主动帮忙放鞭炮；哪家办丧事他也主动去帮忙放鞭炮；就是他爷爷和奶奶去世，作为孝孙的他为了过瘾却"亲自"放鞭炮，过足了放鞭炮的瘾还博了个大孝孙的美名。街邻们家里什么事都要他帮忙，只要是那鞭炮让他放，他就是再忙也要去。

张军开的那个"荣军"小自选商场本来就赚不了多少钱，可赚来的钱却有一半被他买鞭炮放了。妻子就是有意见也不敢说，因为他妻子知道别的事情张军能听她的，就是不给他放鞭炮这事是绝对行不通的！这也是他俩结婚前就约定好了的。

大家见张军那么爱放鞭炮，便说："小子，你死的时候我们一定买好多鞭炮放给你。"张军听了这话不但不恼火，反而对大家说："讲话要算数，不准赖账！"大家都说这张军要么是中了鞭炮的邪，要么就是鞭炮神变的。

这鞭炮放多了，张军也逐渐地喜欢鞭炮爆炸时那硝烟味，他觉得很香,并上了瘾,就像上烟瘾一样,他是两天闻不到那硝烟味就是浑身无力,做什么事都没有精神。

后来终于有一天,年仅三十七岁的张军被查出得了肺癌,而且发现时已到了晚期。到快不行的时候,家里的人问他有什么要交代的。

张军流着眼泪说:"我死了不要放鞭炮!一盘鞭炮也不要放!"

升 级

郑吉像变了个人似的,大家都感觉到了这点。

他现在每天上班第一件事就是打开电脑上 QQ 菜地偷菜、种菜、收菜,然后就是网上象棋、扑克、麻将,再就是网上发帖,以前那工作狂一下子变成了游戏狂。

以前那个郑吉的一点影子都没了!他 23 岁从经济学院毕业分配到局里工作,他不仅能写,在全国权威刊物发表过论文,那论文还得过好几个奖。他工作能力更强,25 岁那年在一个没有科长的科里主持着工作,创造出了几个全新的管理方式,这些方式还在全市推广过。可是,他的"官运"却不好!从 23 岁干到 43 岁整整 20 年连个副科长都没当上,每次提拔干部时都似乎应该有他,但每次提拔名单中都没有他。别人为他抱不平,他笑着说:"下次吧!以后还有机会的。"每次过后他都会更投入、更积极地工作,似乎除了吃饭睡觉就是工作,简直就是一工作狂。

人们发现郑吉的"变"是从他一次玩网上游戏开始的。那天，以前似乎只会干工作的郑吉偶然进入了一个网上游戏，一下子就被那游戏规则吸引住了。从那以后，他就"进去"了——不仅玩上了网上偷菜、钓鱼、打麻将、下象棋，还迷上了一些发帖，拼命地捞积分或"金币"。

现在的郑吉上网玩游戏那劲与他以前干工作一样，每天早早地起床进 QQ 菜园偷菜、种菜、收菜，中午忙着发帖，晚上就下棋打麻将，几乎是干到深夜，白天上班时他也想着法子上网玩。

他几乎每天都笑容满面、兴高采烈的，有人问他为什么高兴。

"我又升级了！成了'皇冠'。"尽管他每次告诉人家他的这些"皇冠""银牌""中级作家""高级车手"之类的网上级别名称不一样，但他都是喜形于色的。

他今天告诉人家自己升了"中级作家"、明天告诉别人他升了中级棋手，似乎他天天都在升级，别人表示怀疑：那么容易升级？

他非常肯定地回答："真的，只要努力就能升！"

底　细

刘克没想到这么难办的事竟让邓立办了下来，这下子他不能不相信周锋讲的话了。

要知道，这土地证是说有多难办就有多难办。为了办土地证，刘克写报告、递申请、请客，还请了自己在一个部门当头头的同学去帮忙。这还不算，就说那送礼就让刘克脱了一层皮，这两年来他逢年过节就挨家挨户地往土地局几个领导家送礼，对关键领导他还通过打听，设法在其生日、老婆生日、孩子生日时送礼。可是，就是都办不下来，人家就一句话：国家政策不允许。为这土地证，刘克可以说是该想的办法都想了，该拜的佛都拜了，该请的神都请了。

当时，就在刘克束手无策时，周锋向他推荐了邓立那"便民服务部"，说这邓立神通广大，特能办事，几乎没有办不成的事。听说邓立解释这"便民服务部"的意思就是替老百姓办他们有钱都办不到的事，从而方便老百姓。这便民服务部的生意特别的火，他的业务已安排到了半年以后。尽管收费比较高，但还是有许多人排着队找他办事，而且来找他办事的都是些非常难办的事，这事越难办收费就越高，越办得急收费越多。

刘克尽管当时根本就不相信被周锋吹得天花乱坠的邓立能办好自己费了九牛二虎之力都办不成的事，但他也只有死马当作活马医了。好在邓立虽说收费很高，但他当时承诺过如果办不成分文不收。

没想到这"死马"还真让邓立"医"活了。在土地证办好后，邓立的许多"经典故事"也逐渐传到了刘克的耳里。比如，张术的驾照超期不年审已被吊销，找了交警部门的熟人都没办法，可邓立愣是帮他把那驾照办"活"了。再有，城西张方为了将在乡下中学当代课教师的儿子转正式教师找到邓立，这邓立硬是在县里宣布冻结了这项工作的情况下将这事办好了……似乎在这县城里还真没有邓立办不成的事。

这邓立是什么人？有什么样的背景？竟能将一些人们认为几乎是与复活恐龙一样难办的事办成了。可能猜想到的都在刘克的脑子里出现过:邓立出身官宦家庭,现在许多部门的头头都是他父亲或母亲的老部下,有这种关系特好办事;邓立的父亲救过省里某领导,邓立用他的关系办事;邓立几个兄弟或者亲戚都在要害部门当头头,而且这些部门对其他部门有制约关系;邓立以前在许多单位干过,当初他帮过的许多人现在做了官;邓立与黑组织的人有关系,利用涉黑组织来办事……

不知是好奇还是什么,刘克竟拿出当初打听出土地局局长初恋情人的生日那件事来对这邓立进行了解。他真想知道这邓立怎么有这么大的本事。

然而,最后的结论是刘克与其他许多人做梦都不会想到的:这邓立十年前来县城时是一个山区的普通农民,当时别说是省城与市里,就是这县城里他也没一个熟人。

信

时间:很多年以后。

杨榆区邮政所的张芳和尤凤闲得都不能再闲了,每天就是开门关门打扫柜台,打扫柜台关门开门,已经一年半没做过一笔业务。

你别以为这是一个新成立的邮政所,杨榆区邮政所已有几十年的历史,最"壮大"时有十二个人,还成立了邮政支局,比邮政所高半个级别。虽然杨榆区很偏僻,辖区广且地势险恶、人们居住分散,但这里的人的文化素质并不低,据传古代还出过一个状元、三个举人,有好学之传统遗风。以前,这里的人们虽说并不富裕,但订书订报的人却很多,订的数量也不少。这里每年考上大学、中专的不少,家长寄出的信、款、包裹和大学生、中专生寄回的信数量都不少,尤其是这里还有三个作家、二十多个文学爱好者和报刊通讯员,每天都要寄出许多稿件、收到许多信件和稿酬汇款单。有一段时间,这里的业务量可大了,打长途电话的、寄信的、买邮票信封的、寄包裹取包裹的、订杂志买报纸的人,进进出出的,相当"繁荣"。邮递员每天都要挨村挨户的送报纸杂志、信件汇款单……邮递员们虽然很忙,但忙得充实。

后来,这里家家户户都装了电话,许多还是可视的;绝大多数人家还有了电脑,都上了网;就连杨榆区里那全市最偏僻、海拔最高的原来的东峰山选矿厂留守部(因厂倒闭只留了一个老工人看厂,又因太偏僻、地理差实在不好装电话)也配置了一部移动电话与外界联系。现在,人们有什么事打个电话,或者发个传真,充其量发个电子邮件就行了,稿件也可以通过电脑内的电子信箱发出去,根本用不着写信寄信;通过电脑还可以看到当天的各种报刊,也犯不着去订阅了;稿酬不要汇款,直接通过银行汇入指定的账号就行了;连购物都实行了网上购物。

邮政所的人一减再减,只有张芳和尤凤两个人了。一年半没发生一笔业务了——没邮寄一封信、没发行一张报纸和一本杂志,当然也没卖出一张邮票和一个信封、没汇一笔款……

这天,杨榆邮政所终于收寄了一封信。收信人是那业务忙得不得了的市电信器材修理所,寄信人是东峰山选矿厂留守部。

后来听市电信器材修理所小王说,那信极短,只有一行字:"手机坏了,请派人来修!"

这招还真灵

仙宝制药厂开发出一种黄色的消炎药粉,是一种宝葫芦型陶瓷小瓶包装的,叫宝葫消炎粉。

虽说这种消炎药粉是在传统中医药配方的基础上用西方制药技术进一步开发出来的,消炎能力特强、药效很好,对牙痛、咽喉痛、肠炎之类炎症的几乎是药到病除,而且采用了这种具有民族特色的宝葫芦包装,但销售却不是很好。也难怪,现在各大药业公司生产的消炎药品种实在是太多,仙宝制药厂这种一个小县制药厂生产的药自然让人看不上眼。

厂里采取了许多的营销办法:加大宣传力度、给回扣、提高提成、赞助文体活动……除了没钱在中央电视台上做广告外,几乎是能用的办法都用了。

这销售问题最让厂长刘方头急,连自己手上生了一个毒疮也顾不上,直到疮破化脓、疼痛难忍了他才拿起一瓶宝葫消炎粉撒上。

宝葫消炎粉治这毒疮正对路,刘方手上那化脓的地方没几天就结痂了。这可真是帮了刘方个大忙。

为此,刘方找了销售科科长。

不到一个月,宝葫消炎粉供不应求、几乎脱销。医药公司的订单像雪片一样飞来,有的单位几乎是守在生产车间门口等货,那是生产一瓶要一瓶。一些有经营权的药店老板还通过各种关系找刘方、副厂长、销售科长,弄得他们是焦头烂额的。

生产科长来叫苦:工人每天 24 小时不间断地生产也只能生产这么多了。刘方赶忙让设备科长千方百计地购买设备,扩大生产。

这一切的一切都是因为刘方。

因为,他让广告宣传科在该厂原来的广告词中加了这么一句:宝葫消炎粉对性病有很好的疗效。

称　赞

"郑专家好!"郑光在急促的门铃声中一打开门就听到了这声音,随后就看到了抱着一只狗的刘非。

郑光想不到会是刘非,更没想到刘非是这个神态。郑光的记忆很好,其实他以前只与刘非见过一次面,那是在他大学同学潘永家,刘非是潘永的堂表弟,是一个乡镇私营企业的老板。郑光没想到刘非还记得他,并能找到他家里来。刘非进门时,一手拿着几盒人参之类的东西,一手抱着一只狗。大街上见过许多女孩子、老太太抱狗玩的,极少见一个大男人抱着狗的。

抱狗也没关系,郑光本来就是研究狗的专家,还兼职驯狗师与评狗大师,只是这狗实不是什么名贵狗,是一般的洋狗与农村那种土狗的杂交狗,品相也不好,毛特别长,却又瘦又小,鼻子特别长、眼睛特别小,是一个不能入流的狗。郑光看得出刘非对那狗特别喜爱,在刘非的眼里就跟自己的孩子一样。出于礼貌,郑光没有说什么。

开始时，郑光与刘非只是随便聊一下那天见面的情景。因为仅是一面之交，而且郑光要赶着写《狗的品相》一书的书稿，所以他与仅上过初中的乡镇企业家也难深谈下去。

刘非自然与郑光也聊不到文学方面，他没聊几句就把话题拉扯到他那狗身上了。他向郑光介绍说那狗是一个漂亮的外国公狗与一个较大的本地土狗结合的"结晶"，虽然瘦小，但同时具有本地土狗和外国狗的优良品质，是一种新兴品种的狗。可是，不管刘非怎么夸，郑光这研究狗类、驯狗、评狗数十年的专家都没看出这狗"新兴"在什么地方、优良在哪里，说白了这狗就是一条杂交失败的劣等狗。同样是出于礼貌，郑光也没说破这点，况且对刘非这种"乡镇企业家"也没有说破的必要，他只是听刘非说。

可是，一个小时过去了，刘非还在滔滔不绝地吹嘘他那狗的优良，郑光几次想岔开话题都没成功。出版社的书稿要得急，郑光非常不耐烦，可刘非仍继续大谈他那狗的优秀，不知刘非是有备而来的还是无意的，还说据他考证，这种狗的祖先是二郎神的哮天犬。刘非说着这狗的"优良"时并不时用寻求认可的眼神看着郑光。郑光想笑又笑不出来，这刘非连传说中的哮天犬是短毛细犬都不知道，真不知他怎么考究的。

刘非不厌其烦地说着，已够郑光烦了，更要命的是那狗这时也望着郑光不停地叫起来。想想，家里有一只狗不停地叫着，还有一个人在一旁喋喋不休地唠叨着，有多令人烦躁！

狗不停地叫着，刘非还不住地大谈，并不时问："郑老师，您说这狗还算优良吧！"

见郑光没赞同，刘非又继续介绍那狗的优秀，仍不时地问郑光对不对。

郑光这时最想的是尽快打发刘非走,让那狂叫不停的狗一起出去。

在刘非一次"这狗算优秀吗"的询问之后,郑光烦躁地应付了一句:"还行!"

郑光没想到他这么一应付,就有了好几家报纸刊登了那狗的照片并配文说著名专家、驯狗大师与评狗大师郑光先生称赞这狗的品种优良。

其实,真正令郑光感到稀奇的是,他当时那"称赞"话音刚落,刘非的狗就立刻停止了狂叫。

喂

周伟进了门,手里自然少不了大包小包的礼物,良秀自然知道他这是奔着她的女儿小倩来的。小倩长得像良秀,是这十里八乡的大美人。

周伟比良秀小几岁,可他对良秀却一口一个"伯母"地叫着,而他倒是比小倩大了十五六岁。离过婚的周伟尽管每次来都带着不少礼物,可良秀却一点都不喜欢他,但也不能得罪他。这周伟可是这村里有势力的人物,他凭着在县里一个部门当头头的表姨夫的关系低价买下村里那锰矿发了财,他又凭着钱财与乡里的头头们都走得很近,乡里许多部门的头头都敬他三分。良秀的丈夫不在了,她一个无权无势的女人带着女儿小倩,因此她见了周伟心里就是再不舒服也不能甩脸色。

"尾伢,你来了就帮我拆下这厨房的排风扇。"良秀叫着周伟的小名,同属于一个大村子的,周伟小时候良秀还带他去上过学,那时一直叫他的小名。

周伟正闲着,良秀这么说,他也不好不做,可周伟哪做过这种事,捣弄了老半天不但没拆下排风扇,还弄得一手的污油和满头的大汗。良秀便在一边用蒲扇帮他扇风。一会儿,良秀把一个西瓜切成一片一片的拿来给周伟吃。周伟手上有污油,她便拿起一块递到他嘴边喂给他吃。周伟一下子不习惯,良秀马上就笑起来:"哟哟,还不好意思了! 以前还要我帮你穿裤子呢!"良秀说的是小时候的事。小时候的周伟经常像一个跟屁虫一样跟着良秀玩,冷天穿得多,周伟解手后常常穿不好裤子,就叫"良秀姐"帮他穿。

想到这些事,周伟有些不好意思了。为了方便周伟吃西瓜,良秀在喂他时一手扶着他的肩膀,一手拿着西瓜递到他嘴边。良秀这关怀的动作把周伟的眼睛吸引到了她身上。良秀切西瓜时把外套脱了,一身紧身衣把中年妇女那成熟的身材勾勒得凹凸有致。良秀虽然生了小倩,但身材还十分姣好,脸上很有光泽,皮肤也很白,不像一个农村妇女。中年妇女那成熟的美本来就十分诱人,周伟的眼睛好久没离开良秀。

良秀知道周伟的眼睛在她身上仔细地"扫描"着,过了好一会她才有点娇嗔地说:"吃够了吗? 姐的身材好吗?"

周伟没想到他会这么问,忙说:"好! 好!"他说这话时心里已经有了好些想法。吃完西瓜,良秀又像关心小弟弟一样用纸巾帮周伟擦了嘴。看得出,周伟的眼神有些异样了。

擦洗完排风扇后,良秀让周伟休息,她就去做煎饼,这是良秀最拿手的,她知道这也是周伟最喜欢吃的。周伟小时候见良秀吃这种煎饼就向她讨要。煎饼的香味把周伟从客厅吸引到了厨房。周伟站在良秀身边看她做煎饼,站得很近。良秀看他那馋样,从盘里拿起一块煎好的煎饼喂到周伟的嘴里。

煎饼没吃两口,周伟就抱住了良秀,接着,他的嘴里就不是煎饼而是良秀的嘴了。就这样,两个都结过婚的人很熟练地把剩下的事都完成了。周伟很满足,他从良秀身上得到了他在其他女人那里从没得到过的满足与快感。

从这以后,周伟是三天两头往良秀家跑,跟吸毒的人找卡洛因一样,而且很次都像犯毒瘾的人吸够了毒品一样满足地离开。后来,周伟就离不开良秀了,好像除良秀之外什么女人在他眼里都不是女人了。每次,周伟都要帮良秀买东西,良秀都不要,他想拿钱给良秀,那次他刚把钱拿出来,良秀就哭了,吓得周伟再也不敢拿钱她。他每次都许愿帮良秀这样那样的,良秀就是不要。

这天,周伟满足地躺在床上对良秀说:"姐,你让我帮你做一件事嘛。你说什么我都答应你!盖新房子、进城里住都行。"周伟从那天后一直叫良秀"姐",他说完一直看着良秀,等着她回答。他不愿亏待让他离不开而不要他的钱财、不要名分的良秀,他这多少还有些要报答良秀的意思。

良秀说不要,周伟很着急地要良秀一定得说一件让他帮做的事,并说他一定做到。

良秀好久才说出这么一句话:"我希望你这个做长辈的一定要把小倩当成自己的亲外甥女。"她把"长辈"两个字说得特别重。

第二辑

辛辣酒家

相　面

　　"你天庭饱满，地角圆润，福相呀，日后必成大器。"李仙正在家中帮人相面，求他相面的人一边虔诚地听着一边佩服地直点头。

　　说相面，老一点的人都知道，说看相，年轻一点的人知道。其实就是一回事。街头巷尾好多地方都有这种相面的。

　　但李仙是从不到街头摆摊相面的，为什么？就因为他是李仙！他原名叫李飞球，但由于他相面太准了，所以江湖上的人都叫他李仙。说李仙相面准还真是准，出奇的准，他相过的面都八九不离十的！因此，尽管他的收费很高，但到他家来求他相面的人还是接踵而来，有时还要预约。不仅是相面的，就是要拜他为师的人也是一串一串的，不过，他只收了张木一个徒弟。

　　"你面盘亮，腮线平直，有大贵之命，三年内必能高升。"李仙对虔诚的工商局马局长侃侃而谈地说着。

　　马局长离开后又来了一个人，这人相貌堂正、气度不凡，叫方林。李仙一看就说上了："你天庭饱满，鼻高口正，是安稳之相，命中虽没大贵，但有福气。虽然当不了官，但生活安稳、家庭和睦，无祸就是福！你在单位是有才能之人，但入不了官道，做不了官。"李仙一番相面解说真让人佩服得五体投地。

　　可是，在一旁的张木却非常不解，他是李仙的关门徒弟，从小就熟读相书，对相书可谓是倒背如流，他自然知道马局长那相是奸诿的面相,这种人不讨人喜欢、不能信任、不堪大任,相书中说这种人不但无福,还身带奇祸,但李仙却拣好话说。相反,方林那相貌在相书中是大福大贵之相,可他师父却说他无大贵、不能做官。

"徒儿,马局长的车子进院时我听出了是'奥迪'车,就知道他非官员即富商。他一进门高昂着头迈着方步,再看他无商人之精明,就知道他是官。再看他那面相虽是小人相,但这种人非常圆滑、善于钻营,在当今特别吃香,升迁也快,明年就是换届之年,因此他极有可能提升。"李仙细细地对张木传授着经验:"方林气度非凡,面相也是大福大贵之相。不过,他进来是低着头,言谈之中让人感到非常谦虚,这种谦逊之人往往学识高,容易遭嫉妒,再加上这种人正直,不阿谀奉承,在当今自然不讨领导喜欢,所以他当不了官。"

听了李仙的讲解,张木更感到师父的高深。李仙之所以比其他的相师高明就在于他不但熟知相书,更是能将相书知识与现实相结合,而这个结合能力与把握的度正是李仙的诀窍。

一天下午,进来一个中年人,此人相貌堂堂、眉清目秀、气度不俗,这是一种典型的善面相。李仙轻车熟路地"相"出这中年人是一位造诣很深的学者,说他学术有成,但官运不畅,只有福没有贵,没有当官之命,只是在一些学术组织里当一些副会长、秘书长之类的兼职。在李仙看来,这中年人的面相与方林相差不多,但李仙看出了他眼里有一点官气,估算他这学者在一些学术学会里兼了些虚职。当然,这人进院时骑着一辆自行车李仙也是看在眼里的。

出乎意料的是那人却说李仙看得不准,并说自己级别不低。李仙不由地大吃一惊,这是他相面以来第一次有人说他看得不准,他再看这中年人又不像是来"踢馆"的。李仙心中虽有一丝慌乱,但他却非常老道地辩解道:"说你没官运不是说你级别不高,而是说你担任的有实权的职务不高,只是虚职的职位高"。李仙这么说也是有"道理"的,现在有些地方常有一些无党派人士、高级知识分子在人大和政协担任副职,这些人虽说级别高,但没有实权。李仙想这中年人应该就是这类的了。说完后,李仙还不得不得意起自己的老道来。

没想到,那中年人还是说李仙看得不对,他告诉李仙他当厅长已五年。他拿出身份证与工作证,并拿出一张报纸给李仙看,上面有他作报告的图片新闻。

李仙后来多方调查证实那些都是真的,可他就是想不明白自己错在哪里。

他当然不会知道,那中年人当厅长前整过容。

助　理

朱丽发现有一个官气十足的人这些天常在所里办公楼的大门外转,这人大腹便便,头发往后梳得溜光,拿着一个一看就十分高档的公文包,身边也常有三个人跟随着。

好些人都注意到了,可谁也不知道这人是谁!说是外单位的领导却又不进办公大楼,只在大门外边;说是来暗访的人,他却带着那么多随从,搞得很有排场与声势似的;说是下属单位的领导,可他与随从坐的都是豪华轿车,而且他的轿车每次都开在所里领导的轿车前面，所领导的轿车只能跟在他的轿车后面"吃"着那扬起的灰尘。朱丽更感到奇怪的是，好几次她跟所领导去饭店吃饭，那人与随从也坐在饭店里明亮、宽敞的地方吃，相反所领导与她却在偏僻的包厢里吃。跟所领导出去吃过饭的人都发现了这点。朱丽跟大家还发现就是到哪里走走，那人与随从都走在前边，所里的领导也只是远远地跟在后边。这是什么人，大家在猜测着，可就是想不明白他们是什么人。连朱丽都不知道了别人还能知道！朱丽是什么人？她几乎是整个监理所最能"掌握内情"的人。

这一阵子，省里刮起了作风整顿风，除了纪检部门派出许多暗访检查组外，一些新闻媒体也纷纷加入其中，将一些单位公款旅游、公款吃喝等现象曝光，更有一些对小腐败、大腐败日益严重深恶痛绝的民间"拍客"动了起来。暗访组、新闻媒体、民间"拍客"将公车私用、公款吃喝、公费按摩、领导密会女子的情景拍下事来发到报刊与网站上，把许多见不得光的事曝了光。像监理所这样的单位自然更受关注，更是那些新闻媒体和拍客"追逐"的对象。常有这个局的局长公款按摩被曝光，那个所的所长公车私用上了网……监理所的"消息"也常在网上出现，说所领导公款大吃大喝、公费旅游、公费送礼，还有好多照片与视频被放在网上"为证"。

可是，所里的人们一看那些照片与视频就乐了，因为那些被挂在网上的照片与视频里被拍的人根本就不是监理所的，更别说是所领导了，有的人还认出来了就是那人与他的随从。所里有的人说是张冠李戴，有的人说有意诬陷。

整风持续了一年，好些单位的领导就因为这些曝光的照片、视频，受批评的受批评，挨通报的挨通报、被免职的被免职，有几个单位领导还因在查处中查出了其他问题被移送检察机关，唯独监理所没事！所里的其他领导无不佩服他们的"班长"——所长方宏的高明了。

一天，朱丽从喝得烂醉后到她那里去"谈心"的方宏口里知道了真相。

原来，那几个神秘人就是监理所高薪从外地聘请来转移暗访组、媒体与群众视线，"掩护"所里领导的特别助理。

那个大腹便便、官气十足的人就是一个一年前被"双开"了的外地官员。

治　病

人事局局长刘文刚过四十岁就摊了个偏头痛的毛病，去好几家大医院看过，药也吃了一大堆，仍不见好转。

某日，刘文从家庭医学报上看到一则消息，邻近的卫县一家中医院有位叫王勃的中医在医治偏头痛方面很有一套，治好了许多患者。这消息对刘文来说无疑是个福音。他便急忙赴卫县求医治病。

刘文来到这家医院，找到王勃的诊室，里面只有一个三十岁左右的青年医生在。刘文便问道："请问，王勃老中医到哪里去了？"

那青年医生微微地笑了一下，说："您是来看病的吧？"

"嗯，你师父王勃老中医呢？我这是老病根啦！"刘文把自己的病说成老病根,意思是:我这病你治不了,快请你师父来吧。

那青年医生还是笑容满面地说:"同志,你认识王勃吗?"

刘文一听,哎呀!医院看病也兴开后门、讲人情的。他想,如果不认识王勃老中医,不是熟人,这小青年准不帮找。于是,他回答说:"听你们汪县长讲,王勃老中医不顾自己年纪大,仍不辞辛劳地为病人看病,可贵呀!"刘文毕竟是当过几年局长的,他这个回答的确巧妙,他是想让这位青年医生知道他不是一般的病人,是汪县长介绍来的。其实,他也是前几天才从一篇报道上知道卫县县长姓汪的。刘文此时还摆出局长的架子说:"年轻人,要好好向王勃老医师学习呀!"

那青年医生皱了皱眉头说:"同志,我来替您看看病吧,请把您的左手伸出来。"他要为刘文号脉。

刘文忙说:"别忙,再等等,再等等。"言外之意就是等你师父来看。

那青年医生想说什么,刚要开口便摇摇头把话咽了下去。

这时,刘文的病发作起来,头痛得难受,便说:"小兄弟,快去叫王勃老中医来吧,我的头痛得很厉害。"

"让我先看看,等一会再请我师父帮你看吧。"那青年医生说。

刘文想,不让这小青年过过看病的瘾,他是不会去找他师父来的。刘文头痛得难受,也就顾不得那么多了,便把手伸给了那青年医生。那青年医生切脉、问、看了一会,好像过够了瘾后便对刘文说:"你等等,我去叫我师父来。"说罢出了门。

一会儿,那青年医生陪着一位六十多岁、胡须花白的老人进来。刘文猜这是王勃无疑。那老者帮刘文切脉后,指着那青年医生对刘文说:"等一会儿让他拿药给你。"然后转身出门去。

刘文想：名医到底是名医！不看不问，只是随便切一下脉就看出了病情来，而且好像还是摸着脉的旁边呢。这时，刘文的病似乎好了几分。

一会儿，那青年医生进来将药方递给刘文，并交代了服药事项。

吃了几服药下去，刘文的病果然好了。他从心眼里佩服王勃：老中医到底是老中医！

不久，刘文出差路过卫县，便顺道来感谢一下王勃医师。他一进医院大门就见老人正在给院内花坛里的花剪枝。刘文上前一把握住老人的手说："哎呀，王勃医师，你不但医术高明，而且品德高尚，这么大年纪还做好事，给花剪枝！"

那老人愣了一下后也认出刘文来了，他告诉刘文说他只不过是院里的花匠。

老人还告诉刘文：给他看病的那青年医生就是王勃。

高　分

局里举行演讲比赛，一个科室选一个代表参赛，这个代表的演讲成绩既是个人成绩又是科室的成绩。

就在比赛开始前两个小时，代表办公室参赛的胡玲因送突发急病的母亲去医院而无法赶回来参加比赛。这可把办公室廖主任急坏了，这不仅影响办公室这次比赛的成绩，更重要的是会影响就要开始的年度考核成绩。

大学毕业刚考上公务员到办公室报道不到三天的雷刚见到主任着急,便自告奋勇地请缨参加比赛。廖主任此时真有些喜出望外,他知道大学生在大学里经常参加这种演讲比赛的,再加上"救场如救火"的缘故,他当然同意让雷刚上台去演讲。

雷刚事先也没准备,他联想当前社会上一些领导的不正当男女关系问题,就即兴以《警惕领导干部的不正当男女关系》为题进行了演讲。演讲时,雷刚发现台下好些人都瞪大了眼睛听着,那神态充满了惊讶与诧异,甚至还有些目瞪口呆的样子。廖主任的脸色也是怪怪的。雷刚感到奇怪,从演讲台下来后廖主任欲言欲止的神态更让雷刚琢磨不透了。

有好心人悄悄告诉他,王局长与局里的张芳之间的暧昧男女关系、马副局长与罗琳的婚外情在全局都是公开的秘密。可谓人人心知肚明,只是双方的配偶蒙在鼓里而已。

雷刚一听吓坏了!这不是跟王局长和马副局长过不去吗?这不是让两位领导难堪嘛!这对于刚参加工作的公务员来说是一件非常不利的事,不仅会对他从试用期转为正式公务员有很大的影响,更重要的是得罪了领导对他以后的提拔特别不利。现在的干部任用"人情味"很浓,跟组织没关系,却跟局长个人有很大的关系。哪个人得罪了局长,那么他的提拔就基本没希望了。雷刚此时十分懊悔,他想得更多的是会给自己造成什么后果。雷刚的心思完全离开了演讲,更没有心情管那演讲成绩了。

可是,待全部演讲人员演讲完后评委当场打分时,五个局领导都给了雷刚很高的分。王局长还给了雷刚全场最高分99分,雷刚的演讲也因此得了第一名。

一肚子不解的雷刚回到家里将这一困惑告诉父亲时。父亲说:"他们是不敢不给你高分!"

雷刚更不解。

父亲告诉他："他如果不给你高分，怕别人说他心中有鬼，怕别人说你的演讲刺痛了他，那他岂不是不打自招了嘛！"

规　矩

　　刘冬林的到来着实让余勇、刘妍夫妇特别地惊喜，这是他们仨人时隔二十年之后第一次见面，而且刘冬林是从千里之外的内蒙古来的。

　　仨人是从小学到中学的同班同学。这一见面就有说不完的话似的，回忆同学时期的事，叙说着分别后的生活，边喝着边聊着边笑着。刘冬林高中毕业后考上了南京大学，余勇考上了中专，刘妍高考落选后直接顶父亲的职进了工厂。刘冬林大学毕业后放弃留校的机会主动要求到内蒙古支援边疆建设，现在是一个高级工程师。余勇中专毕业后分在供销部门，后来调到政府部门，从办事员当到副科长、科长、副局长再到局长，而且是掌管人事的人事局局长。可谓一帆风顺、春风得意。调到政府部门后为了晋升的需要，他先后混了党校大专、本科、研究生文凭。刘妍在工厂里时与余勇结了婚，后来调到财政局当会计。

　　刘冬林是想请余勇帮忙，他想调到这个市里，接收单位都找好了，但还得过人事局这关。

　　余勇告诉刘冬林这事有相当大的难度，他一定尽最大的努力办。刘妍知道这事对余勇来说是不费吹灰之力，但她不知道余勇为什么这么说,是习惯语调还是谨慎的表现。

得到余勇这话,刘冬林自然就放心了,他是知道人事局局长的能耐的。可是,他回到内蒙古后好一阵子也没见有动静。他打了几个电话问,余勇都以存在着一定的困难为由让他等着。有几次,刘冬林打余勇的手机打不通就打电话到他家里,刘妍也接了几次电话。她问余勇:"刘冬林那事怎么还不帮?你该不是在吃那陈年老醋吧。"她指刘冬林考上大学后曾写过几封求爱信给她这事。

"我现在还吃那醋干嘛,我是小心眼的人吗?"余勇说,"关键是这小子不懂规矩。"

刘妍知道他说的"规矩"就是要送礼。言外之意就是刘冬林没送礼给他。于是,刘妍对他说:"什么规矩不规矩的,对同学怎么也来这套!"

余勇白了他一眼说:"你知道我有多少同学吗!小学的、初中的、高中的、中专的、大专班的、本科班的、研究生班的,那 8 个长训班的和 17 个短训班的,除同班的外,还有同年级的、同届的,还有全国各省市同一批参加同类培训班的同学!"

他又咕哝了一句:"你说这规矩能乱吗!"

市　场

张林当然也逃脱不了那自然规律,尽管他是县委书记,也不管他在台上时是多么风光、权力是多么大,但到了 60 岁这天他还是退了下来。

这也是没有办法的事，因为国家规定正部级可 65 岁退休，张林只是正处级，离正部级还差着四级，他只得认命。可是退休后，虽然没有了工作上的事，但问题也不少！先是不愿出门，怕在路上遇到了谁，人家叫他"书记"时难以判断那是尊重他还是挖苦他，他也不知道是答应还是不答应，不答应别人不礼貌，如果答应又容易让别人认为他权力欲太强，还舍不得那位子。可是，张林在家看了一两个月电视后，家人与他都认为这样下去也不行，得找点事做才能打发这以后的日子。

张林想过写书，可是别看他的履历表上学历是在职研究生，那是他在乡里当党委书记时，让秘书帮他从免试入学的党校大专读到党校本科，他当县委书记后秘书就帮其完成了党校研究生的学业。也别看张林以前做报告时洋洋洒洒几千字，讲几个小时都不累，那讲话稿也是秘书写的，他充其量在讲的时候临时加几个"啊、呀"这样的语气词。就是他在任上不时发表的那些上万字的理论文章也是秘书写好后署他的名发的。他那水平别说写书，就是写五六百字的读后感也不比中学生强多少。

张林想过去钓鱼，他在任时也不时陪着领导或者让下属陪着去钓过鱼，而且每次他的"钓绩"都是极佳的，很少有跌出前三名的。不过，张林也是清楚的，他在任时钓鱼的渔场是一些单位专供领导与关系户钓的，那些鱼还是特别"处理"过的——在领导去钓鱼的前两天买好些大鱼放进去并两天前就停止喂食，这饿极了的鱼自然好钓。在那种地方钓鱼的水平是要大打折扣的。现在，他也不能去那种"专门"渔场钓鱼了，因为不在位，没有谁帮他"买单"。去普通商业渔场钓吧，那是划不来的，那里的鱼是喂得饱饱的，一般水平的人是很难钓到的，就是钓着了，那鱼也比市场上贵很多。河里、江里的鱼就更钓不到了,经过毒、电、地笼的"大浪淘沙",剩下的鱼异常地狡猾。

张林还去打过太极拳,可经常遇到一些人"调侃"他:

"张书记,你亲自来打太极拳呀。"

"你这是深入群众,体察民情呀。"

"张书记呀,你这一来我们这个太极拳班的级别就上去了,是正处级了。"

"张书记,你这是给我们脸了,我现在可以跟街邻和朋友说我跟张书记是同学了。"

当然,这些话里有些是开玩笑,有些的确有点挖苦的意思,但他又不好发作。

张林去打门球,别人都不想跟他一组,不是记恨他以前那武断的作风,就是嫌他打不进球门。张林打门球时也很不自在,别人讲重了,他不习惯,受不了;别人不讲他,他又觉得大家冷落了他。

好多天过去了,张林还真找到了一个好"路子",那就是学书法。他认为自己在这方面有天赋,因为无论是当县长还是县委书记时,大家对他的书法作品都是赞不绝口的,好多大企业都请他题字,逢年过节更是有许多人纷纷上门来向他求字。一次,县文化局长为他筹办了一个个人书法展,他展出的那些书法作品几乎被抢购一空,好些企业的老总还为得到他的书法作品竞起价来。学书法对他来说真是一个好玩法! 只要找一个书法老师或上老师家,或请老师到家里来教,这样能避开去上老年大学被人"调侃"。于是,他就在儿子的推荐下跟着一个书法老师从书法启蒙知识开始学起。从此,他每天就学书法、练书法。这也真是适合他,以前那些烦恼就没有了。

这三年一晃就过去了,张林的书法也真有了突飞猛进的长进,书法老师说他的书法已达到省书法家协会会员的水平,甚至接近了一些中国书法家协会会员的水平。书法老师建议他办个书法作品展。

经过一个月的筹备,张林的个人书法作品展在县总工会的文化宫开"展"了。可是,效果却很不好,不仅书法作品没卖出去,就是来参观书法展的人都很少,用"门可罗雀"来形容一点都不过分。

张林纳闷了,他现在的书法水平比他以前当县委书记、县长时高出了好几个档次,就算从领导岗位退下来了,有"人走茶凉"的因素,但艺术还是应该有市场的呀,怎么会出现这种冷场呢!

最不明白的还是张林的书法老师,他教过很多学生,相当一部分都举办过个人书法展,别说张林还当过县委书记、县长,就是他的一个当小店员、书法水平比张林差了许多的学生举办个人书法作品展时还有好多人来看,也卖出了好多书法作品。

最后还是书法老师把原因打听出来了。原来,大家一听说张林举办个人书法作品展就会想起他以前题的那些字。

据说,张林退下来后,那些官员与企业家都纷纷把以前高价购买的他的那些字从墙上撤下并丢了。

笑

终于，我拿到了最后两科的合格证。这天，我从自学考试办公室领回毕业证书，我笑了。

"好哇，又过两科，拿了毕业证，请客!"丽丽不知从哪钻出来的。她一副顽皮的样子。

"行，我请客还能忘了你，放心吧，臭丫头!"

"哈，哈……"我俩大笑起来。丽丽与我从小就是好朋友，现又在一个单位，去年她见我得了几门单科合格证书，也参加了考试，我们又算得上同学了。

"唉! 别光笑，袁局长知道你拿了毕业证，叫你去他办公室一趟。"丽丽想起一件事来。

妈呀，他的消息也够灵通的! 我还没到家，他就知道了! 丽丽这么一说，我的笑意全没了。叫我去干什么?

去年初，他把我叫到局长办公室。"文芸啊，听说你参加了那个……什么的……自学什么的考试，你学的又不对口。啊，年轻人捞文凭可不要影响工作。嗯，啊，现在注重的是水平，光有文凭也是不够的。"袁局长边喝茶边对我说，"我连小学都没毕业，不是也当了十来年局长。年轻人应该集中精力学好业务嘛! 我看你是个很有前途的姑娘……"

我当时实在有点忍不住了："袁局长，我是晚上学习的，没有占用工作时间……"

"我知道,如果你把晚上的时间用来学业务,这不是更好吗?"袁局长打断了我的话。

当时,我心里又好气又好笑:如果我晚上去跳舞、打扑克呢!

我惴惴不安地走进局长办公室。袁局长正在与秘书科长、宣传干事谈话。他一见我就招呼:"小文呀,来,坐,坐坐,我们正说着你呢! 你为我们局增光了。"

他转身对秘书科长和宣传干事说:"文芸是我们局自学成才的好典型,你们要组织好材料及时上报。"他又满脸带笑地对我说:"小文呀,你给他们谈谈,详细些! 思想动力呀、领导的关怀、局里的支持呀……"

这时,我笑了,可笑得很别致。

脸　面

那在省外经委当处长的同学打电话给徐海雄,说有一个外商要在国内找一个企业加工收割机的零配件,而且价格不菲。

徐海雄自然不会放过这个发展的机会,这几年要不是徐海雄在这方面抓得紧,东阳配件厂早就像县内那些国有企业那样停产的停产、倒闭的倒闭了——这个山区小县的国有工业企业有效益的除了一家酒厂外就是徐海雄当厂长的这个东阳配件厂了。

东阳配件厂有这个实力,他们不但帮国内许多中小企业加工生产过零配件,还帮国内一些在国际上都很有名气的厂家加工过零配件,技术与质量都不成问题。徐海雄想利用这次机会向外商展示一下厂里的实力,并以此为契机向国外发展一下,同时还可以借这个机会利用外资进行技术改造和更新设备。

听说那个外商到邻近的青山市去了,徐海雄要去那里找他,竞争关键的是要抓住机遇,这事当然宜早不宜迟。徐海雄这次要开一辆好车去,不能开厂里的小车去!他知道如果开那小车去会被外商看不起的,外商也许根本就不把用这种小车的人放在眼里,人家看到厂长坐这种车不怀疑配件厂的实力才怪呢!在经济生活中,往往车子就是企业的脸面,是企业经济实力的一种象征,厂长用车的档次高点在一定程度上对谈成业务有促进作用。

厂里的两部小车最好的就是一辆半新的北京吉普车。前几年,其他企业的厂长、经理都买了"奔驰""奥迪"之类的名牌车,差点的也玩起了"蓝鸟""捷达"。那时厂里正需要一笔钱搞技术改造买新设备,那北京吉普车还能凑合着用,他就没买"奥迪",用那钱买了新设备。两年前绢纺厂和炼锰厂快倒闭时,几乎还是新的花四十多万元买的"奥迪",两个厂的厂长争着以八万元卖,当时他也想捡个大便宜买一辆,可那一阵因要缴职工的养老保险金,厂里的钱稍有点紧,徐海雄想有钱了再买,后来听说那两辆车分别以五万和五万二卖给了私营企业主,这事让徐海雄后悔了好一阵子。现在,他真是感到"车到用时方恨差"了!

徐海雄想起那已停产的化肥厂张厂长那"坐骑"——那辆"雪铁龙"轿车,现在借一辆好车装装脸面也不失一个好办法,况且凭他与张厂长的关系,这事很容易办到。这可是县里最好的车子!因为有制度规定,县委书记、县长都没坐上这种车。

徐海雄带着供销科长和技术科长开着借来的"雪铁龙"轿车来到青山市,在外经委那老同学的帮助下很快就找到了那外商。徐海雄详细地向那外商介绍了东阳配件厂的技术实力和加工能力,以及帮几家有名的企业加工零配件的有关情况。尽管徐海雄那位老同学在那外商面前帮东阳配件厂做了很多工作,尽管徐海雄的介绍也很有说服力,但那外商仍好像没有表现出与东阳配件厂合作的兴趣和意愿。这真让徐海雄他们琢磨不透。从交谈中他们也感到外商显然是不相信东阳配件厂的实力。徐海雄不明白那外商为什么还没去厂里考察,就凭空怀疑配件厂的实力。

他们很快就隐隐约约地感觉到,问题可能就出在那车子上。有人听那外商说过:"从徐先生用的'雪铁龙'车就可以看出他是一个'富方丈'!"

徐海雄就更不明白了,这"雪铁龙"车怎么了!"富方丈"又有什么不好!徐海雄也不是不知道:在国外,企业老板越富、车越好就越能说明企业有实力!这怎么反而能影响他们之间的合作呢!

后来听说那外商讲出了他的理由,他说:"你们不是流行着'穷庙富方丈'这么一句话吗!"

存　折

赵林是一个"拉脚"的,也就是蹬着三轮车在城里帮别人拉货的。大城市可能没有这种"拉脚"的,但这个小县城还有。

这天早上,赵林蹬着三轮车送货回来经过财金街时,看见地上有一个公文包。他想那该不会是哪个该死的小偷偷了包,将里面的东西掏光后丢在这路上的吧?他看这包有九成新,便下车捡起那包。他发现公文包很重，里面像装满了东西。赵林打开包，里面有几个笔记本，几张单据，四百元现金，还有一个昨天才新开户并存了五十万元的存折。笔记本上的名字是周春，存折上的名字则是刘芳。显然，这是遗失的，而不是小偷的抛弃物。

赵林不知道要将这包交到哪去。这小县城的边上没有交警岗，他不能像小时候"在马路边捡到一分钱，把它交到警察叔叔手里边"那样交给街上的警察。不过，他想丢包的人急，一定会回来找的。于是，他就在这路边等着。

二十多分钟后，一辆轿车缓缓地开过来，在赵林的旁边停下。下来一个戴眼镜、穿西服的男人，那人看了看赵林手上的包，问："这包是你捡的？"

赵林回答是，他问那人："是你的吗？"那人点点头说是。

赵林让那人说出包内的物品，这是防止冒领失物的常用办法。那人不但说出了包里的东西，他还拿出身份证和工作证来证明他就是周春。至于那个存折，周春说明刘芳是他老婆。赵林这时才知道周春是县财政局局长。围观的人中也有人认识周春的，并证明他老婆刘芳是市容局的一个股长。赵林便将包还给了周春。

周春除了说感谢之外，便将包里的四百元钱现金拿出来给赵林表示谢意。

赵林不要周春的钱，周春问他是不是嫌钱少了。在他看来，四百元钱是一个拉脚的好几天都挣不到的。可赵林硬不要这钱，并说捡到东西就应该交还失主的。

这时，围观的人中有人提议周春在县报上表扬一下赵林，让赵林这个小老百姓也出出名。

周春觉得这也是一种表示感谢的办法，人不图利必会图名，一个平民百姓能出一下名是一件能很炫耀的事。周春就真找到县报记者让他们写篇表扬赵林新闻稿。一个县财政局长请县报报社发一篇新闻稿是很容易的。周春不知是为了更突出赵林的形象，便将包里的现金说成了二千元。

很快，赵林拾金不昧的事迹被县报报道了。

赵林看到报道后忙找到县报社。他要说明这报道上的金额与他实际捡的金额不符。报社的记者们告诉赵林，失主说有两千元。赵林告诉记者包里真的只有四百元现金。他又问了记者一句："存折算不算金额？"

记者愣了一下，周春在讲他的遗失情况时并没说里面有存折，但记者很快就反应过来：一定是包里还有一个存有一千六百元存折，周春将现金与存折上存款合计成了失款两千元。于是，记者告诉赵林："算吧！"

"不对呀！"赵林纳闷了！

记者看赵林表情不对，以为他不理解，便解释道："包里有四百元现金，存折里有一千六百元存款，加起来正好两千。"

赵林就更不明白了，他告诉记者那存折里的金额是五十万元。

没过多久，赵林与记者都明白了。检察机关不知从哪里得知了赵林讲的这一情况，以此为线索查出了周春有严重的经济问题。那五十万元就是一笔受贿款。

偷

今天手气很霉！王忠很快就输了个精光，没有了本，他早早就离开了牌桌。赢了钱的小毛还奚落他说输了可以早点回家陪他那如花似玉的老婆。

原以为可以战个通宵的王忠只好慢吞吞地往家里走。他也不是不能回去陪老婆的，可是这么早回去，他老婆准知道他输了，本来就非常反对他打牌赌钱的老婆就更会数落他。他从来没那么早回去过，哪天都是打到凌晨两三点钟才回去的。今天是周末，他出门时还告诉老婆说可能要打通宵的。此时还不到晚上九点，王忠就在街上闲逛着，他要晚些才回家。

路过一别墅式的小楼时，他立即产生了一个念头。王忠知道小楼是周林的，听说周林现在是工业局长了。想起这周林，看到这小楼，王忠就恨得咬牙切齿。要不是周林受贿，高价购进原材料，低价卖出产品，他原来所在的那机械厂就不会在三年前倒闭，自己就不会下岗而落到现在这种地步，他至少还在厂里当着调度室主任。在王忠看来周林这楼就是用那不义之财修建的。

王忠此时萌发了进这小楼的念头。这是他第一次干这事，可他不认为这是偷。在他看来，这个小楼都是周林偷机械厂、偷国家得来的赃物。自己进去可以说是"打土豪，分田地"，或者说是拿回自己的那一份。

王忠身手好，很快就进了小楼。小楼还真静，周林可能不常住这里。王忠从阳台上过到另一个房间时，见这个房间开着非常昏暗的灯。他听到里面传来周林的声音："你这小偷……"声音虽然很小，但吓得王忠差点没从阳台上掉下去。

周林继续说着："五年前就把我的心偷去了。"接着就是床响声。原来，周林与女人在调情。

那女人的声音很细微，听不清楚。周林的声音却不小，王忠听得清清楚楚的。周林说："都五年了，你这身子还这么让我着迷。"接着，里面又是笑声和床的响声。

王忠定下神来后立即意识到屋里面正上演着一部 A 片。看到那窗帘没关严而有一条不小的缝时，他非常兴奋，他看过好多 A 片，但从没看到过"现场直播"的。他还后悔没有带照相机，要不然拍下几个镜头让周林出出丑，还可以让他退出一些赃款来。

王忠慢慢地向窗帘那缝移动过去，往里望。里面的情景让他惊呆了！

那女的是他那如花似玉的老婆。

"重病人"

章严从一个教授一下子变成了副县长，因为省委统战部将他列为省师范学院党外人士副院长人选，让他到县里锻炼锻炼。

他这大学教授在县里自然就分管了科教、文化、卫生。他到任没几天就感到头昏脑涨、打喷嚏、鼻子塞，他知道是感冒了。

于是，他便到县医院去就诊。那位三十多岁的中年女医师听他讲述完症状后接过医保本，抬起头看了看章严，又看了看他的医保本，那目光非常凝重。她让章严等一会儿便拿着他的医保本出门了。

章严觉得女医师对小感冒不应该是这种神色，市里的医师给他治感冒时都是面无表情、熟视无睹地开些感冒灵之类的处方。

十几分钟后，那女医师回来时就不是一个人了，后面还跟着一个人。章严认出是医院院长方余。

方余一进门就抢上前来招呼："章县长，您来了！"习惯地将"副"字去掉了。

"章县长，您没什么病。可这儿也太简陋，注射室也不方便，医院有干部病房，你就在那住院治疗吧。"方余说。

章严问："有那必要吗？"

"太有必要了！为了你的健康，请您到干部病房治疗。"方余边说边将章严扶到了干部病房。

看着方余急忙走出病房的背影，章严纳闷了：感冒犯得着这样吗？会不会是其他的病？

方余领来六个穿白大褂的人，告诉章严说这是院里最好的医师。

那些医师用听筒、仪器在章严身体的一些部位上反复检查，一个部位要反复地检查多次，有时这个医师看了另一个医师看。六个医师足足诊断了一个小时，然后说要开会制定治疗方案。

章严看得出那几个医师在诊断过程中非常紧张，诊断后没说什么病就去研究治疗方案，让章严怎么看都不像是治疗一个小感冒，他想莫非真是其他病？

又进来两个年轻的护士。方余说，她俩24小时轮流护理章严。方余还当面交代她俩除了上卫生间，其他时间必须寸步不离地护理章严。

　　章严更觉得不对劲，小感冒怎么要这么特别的护理，方余是不是向他隐瞒了病情。

　　章严躺着输液时正琢磨着这事，县政府办的刘副主任进来了，他一进门就非常沉重地说："章县长，您不舒服怎么不让我陪您来呀！真对不起，对不起！"问候后便去医师办公室询问章严的病情。

　　没过多久，文化局马局长、教育局朱局长、科技局侯局长、卫生局荀局长陆续带着鲜花、营养品先后来到章严的病房，都表现出非常关心地说领导安心养病，并说领导的健康是全县人民的幸福之类的。他们临走时无一例外地在章严的病床头放一个红包，说是红色给章严"压邪"。

　　当章严打开那些红包，发现"内容"不少时，更坚信自己的病不是感冒那么简单了。他们学院院长做心脏搭桥手术时都没出现这种探视现象。可章严问方余和医师时，他们都说："章县长，您没什么大病。"病床头的牌上也写着"感冒"，让章严觉得这是欲盖弥彰。

　　章严在医院除了打针、吃药、休息之外，就是由护士扶着到院内的小花园散步，一日三餐是各局让饭店将团鱼、鲍鱼之类的送到病房。护士还要喂他，只是他不让。

　　章严将这些情况告诉了妻子刘娟。刘娟也感到这远不只是感冒那么简单，便急忙地从近两百公里的市里赶来。

　　病房里的情景让刘娟几乎能确定章严得的绝对不是感冒——专家看病、专护、那么多人看望……这使刘娟感到了严重。

　　刘娟急忙告诉了自己在医学院当教授的舅舅郑帆。郑帆听到这情况也急忙专程赶来。

郑帆看了治疗记录,并为章严进行了诊断。然后,他对刘娟大笑起来:"我的宝贝外甥女,放心吧!他只是小感冒。"

刘娟不解,章严也是后来才知道这一切。原来,女医师看到章严和医保本时,就产生了怀疑,因为县里的领导来看病多是由三五个人陪着直接找医院领导,然后医院领导抽调医师到"特殊"病房诊病的,绝不会独自一个人到门诊看病。于是,她便去报告方余。而方余看到是章严后,自然不会放过这个讨好这分管卫生的副县长的大好机会。于是,他把领导的小事当作大事来办,把领导小病当大病来重视,将章严安排进干部病房,组织专家会诊,安排护士专护。那几个专家在方余的要求下,非常认真地反复检查章严的每一个部位。一向将陪领导看病当作分内事的县政府办刘副主任到医院时已非常内疚,心情自然非常沉重。章严分管的几个部门的头头知道消息后,自然抓住这个讨好顶头上司的好机会。他们都明知章严是小感冒,可谁也不敢表现出把领导的病不当回事,更不能在领导生病时表现出轻快的样子,都表现出对领导的感冒比对自己的重病更重视、更难过的神态。结果,他们这一弄就把刘娟和郑帆"弄"来了。

后来待章严将实情告诉刘娟时,她也不由地脱口而出:"他们有病呀!"章严不得不说:"是呀,而且病得不轻!"

余　热

　　局长王余一到任就做了一件几乎出乎所有人意料的事，那就是专设了一个老同志办公室，把方卫这几个人从各科室抽调到这个办公室一块办公，让人感觉到这个办公室就是为这几个人专设的。

　　这个决定那是立即得到了各科室领导的拥护，这可帮这些科长主任们解决了一个大问题。这些科长主任们当面叫方卫他们"老方老马老朱"或"方哥马兄朱老"的，背地里都叫这几个人"老油条"。这几个人都是上了五十岁但没到退休年龄，当了一辈子办事员窝着一肚子气，现在过了五十更没了提拔的机会，没奔头也没劲头，上班时捧着茶杯这个办公室坐几分钟，那个科室闲聊一阵子，自己不干不算还影响其他的人工作。分配点具体工作给他们，他们不是这个喊腰酸，就是那个叫背痛的，不是说要去医院看病，就是讲要去药店买药的。说他们装病嘛，五十多岁的人有些小毛病也是正常的，再说这腰酸背痛又不是像外伤一样看得到的；说他们有病嘛，他们可以端着茶杯站在那里口若悬河、滔滔不绝地聊天两三个小时都毫无倦意。科室领导让他们对年轻人多"传帮带"，他们一声不吭，可背地里又牢骚满腹的。向他们征求意见时他们不说，过后又骂这个批那个。有些科室领导甚至不愿意布置他们做具体工作了，可如果真不布置他们的具体工作，不仅影响科室里那些努力工作的人，他们几个人还会说领导剥夺了他们工作权力。说到这几个人，科室领导没有一个不头痛的，前几任局长也无计可施。

因此，各科室领导虽然对局长王余要发挥方卫他们的"余热"的说法没抱什么希望，但对将这几个人安排在一个办公室不让他们影响其他人工作的做法还是很佩服的。同时，也知道这一安排是需要胆识的，深知方卫这几个人的"德行"的科室领导还不约而同地为王余担心着，这几个人可不是什么善茬，仅把他们集中起来而不安排他们的工作，那几个都是得了便宜还卖乖的主，那绝对会找王余"剥夺他们工作权力"的茬。可安排他们工作，这几个人又能干什么呢！

王余不仅把他们安排在一个办公室里，还真很快发挥了那几个人的"余热"，方卫几个人整天也是忙进忙出的。

那些科室的领导们开始都很困惑，不过这些小头目们很快就发现了，王余给方卫他们安排的工作就是去开会。县领导、县各部委办，还有那些"领导小组"、相关部门每天要召开多则有十几个、少则有七八个要求"主要领导"和"分管领导"参加的会议，甚至每天还有好些企业召开会议也邀请局领导参加。可局领导只有七个人，就是天天去开会都忙不过来，再说局领导天天去参加会议了，局里的工作怎么办？于是，王余就让方卫这几个老同志代表局领导去开会。

其实，好些要求"主要领导"或"分管领导"参加的会议仅是要求和显示重视而已，或者说提升会议的"重要性"而已，参加会议的人员只要去签个到，然后坐在那里听就行了，不要发言，也不要表态，更不要"拍板"。这些会议除了有好茶喝外，有的会议还有水果、点心，会后可能还有"工作餐""便饭"或者雨伞、公文包之类的小玩意，方卫他们自然也乐于参加这些不用费神，也不影响他们喝茶,甚至不影响他们玩手机,还能满足他们想当领导的虚荣心,平衡一下他们没当过领导的心理。就是上午一个会下午一个会,一天代局领导参加两个这种会议都忙得不亦乐乎。

看到这种情景,不仅那些被方卫他们搞得头昏脑涨的科室领导对王余佩服得五体投地,就是那几个以前常让这类"非常重要"的会议搞得焦头烂额的局领导班子其他成员也不得不服了王余。

更绝的是,王余还让局办根据方卫这几个人的胖瘦程度安排其代替不同职务的领导参加会议,当然越胖所代替的领导职务越高。

镜　子

余勇胆子大,因此以有"开拓"精神为由调到这里当了局长。

这余勇特擅长打"擦边球",总是做出了出格的事来也让上级部门拿他没办法,因为找不到处理他的规定。就是一些违纪的事,大家做时他也敢做。有人提醒他,他却大大咧咧地说刑不罚众的,不用怕。奇怪的是他这几年还真没事。他还是个不讲规则的主,有一次他到省局去争取资金,他在酒席上跟一位有实权的领导赌,他喝一杯酒拨 10 万元资金。2 两一杯的酒他硬是喝了10 杯,尽管喝得大醉,可他硬是凭这 10 杯酒在省局要来了 100 万元。这些年,他就是用这些不规则的方式办成了许多事,他管那个局的房屋气派,设施好,车子豪华。

可是，按他的话来讲也不是事事都顺利的。虽然，在他的"调教"下，单位里多数人唯他是从，也就是用他的话来说"叫他往东不敢往西"，但是，也还有好几个人爱给他"挑刺"，与他唱反调的。原来的监察室主任周毅就是这类人的代表人物。他刚调到这个局的时候，为了找一帮与他"贴心"的人就"大胆""破格"地提拔了一些"自己人"，周毅提他的意见说这是违反干部任用条例的，他用"变通"的方式买了一辆豪华轿车，周毅说他这是违反纪律。他不理睬周毅。周毅就将这事"捅"到了县里、市局。后来他就将周毅"调整"到工会任副主席，这副主席与监察室主任平级。接着，他又进行了工会改选，在他的操作下，周毅在工会改选中落选了，成了一般工作人员。他又通过"双向选择"这一"人事改革"将周毅"择"到了乡下一个二级机构。这就是他的一个重要的"领导艺术"——拔钉子。可就是这样，周毅还不时地给他"找茬"。

搬掉了周毅这个"绊脚石"后，余勇更加大胆地做了好几件事，其中一件就是新建了一幢办公楼。

办公楼落成了，余勇觉得是个好机会。要举行隆重的落成典礼，他让办公室大发请柬，要将县里一些单位尤其是有要求于局里的私人老板请来。举行典礼这天，来了许多人，收到了许多"红包"，也就是贺礼——这是现在很时髦的一种做法，收到请柬都要送礼。其他单位发请柬来时，局里也是送了礼的。

看到那么多贺礼的余勇，突然看到了一个面孔，这让他非常不快！他看见周毅在人群中。他不知道这周毅怎么来了。周毅的到来让余勇在整个庆典中的心情坏了许多，使他感觉是一个不祥的兆头。他恍惚觉得这周毅会给他带来祸患。他反复地想着这周毅能给他带来什么不利，不知道有什么事可以让周毅向上反映的。余勇左思右想也就是收了那点贺礼可"做文章"。可在他看来这也不是什么大不了的事,虽然有规定国家机关不得趁搬迁、落成等机会收受礼金,但现在流行这么做,好多单位都借着这机会收点礼金的。如果周毅今天不出现,余勇想都不会想这事。

为慎重起见,余勇决定将那些收到的红包退回去。在他看来,遇到周毅这"刺头"真是倒霉。

可是,这退礼金的事偏偏让市报一个记者知道了,将这事在市报上进行了报道,余勇也因此受到上级的表扬。更重要的是在不久后开展的一次纠风整治活动中,好些单位的领导因单位在各种庆典中收红包被降级、免职,甚至开除,余勇不但没"挨",反而因上次退红包受到了表彰,被评为先进。

这事让余勇想起来真有些害怕。就在余勇西装革履地去开表彰会这天又发生了一件让他害怕的事:他上主席台领奖走过一面镜子时,突然发现自己外裤裤裆的拉链没拉上,内裤露出了一片。如果没有那面镜子他今天就出大丑了,因为有市电视台在现场直播。领奖回来后,他嘴上直唠叨:"幸亏有那镜子! 幸亏有那镜子!"

回到局里他立即办了两件事:一件是在他办公室内装一面镜子,另一件就召开党组会任命周毅为监察室主任。

名　声

从科员一下子当上副科长，这是刘艺做梦都想不到的事，此时那些关于方局长的谣传在刘艺心中就不攻自破了。

刘艺这次提拔，他没有跑动，自然也就没有送钱给方局长，但方局长从谈话、组织考核、讨论任用、正式任命等程序很快就完成了。之前，全局上下说"方局长见钱提拔、按金额多少决定职位高低"的传言很多，也传得活灵活现的。以前，对此抱着"宁可信其有，不可信其无"的刘艺现在是绝对不相信了。

刘艺对方局长从将信将疑到佩服，而且是十分敬佩。要知道，现在要当官不花钱是很难的，一些地方买官卖官已是公开的秘密。

因此，刘艺在感动之余对那些传言给方局长的名声上造成的损害感到愤慨。他要用自己被提拔的事实为方局长挽回名声，赢得声誉与赞誉。他多次对别人说自己的提拔没花一分钱，他没给方局长与其他局领导送过钱物。刘艺甚至还请自己在报社当记者的一个同学，写了一篇宣传方局长在选拔任用干部时清正廉洁的报道。

报道见报了，刘艺很高兴，这报道不仅是给方局长辟了谣，为方局长赢得了名声，还弘扬了正气。可是，方局长很不高兴，他把刘艺叫到办公室说："你报道这些干什么？为政清廉是党员干部应该做的，也值得报道吗？"方局长说这话时脸上是真不高兴了，绝不是那种表面看是批评，而实际上是赞扬的神态。

刘艺纳闷了，他知道方局长平时是很喜欢别人宣传报道他的。宣传科那些有关方局长领导有方、关心部下的报道让他常喜形于色。这次是怎么了？

后来，"明事理"的人告诉"昏懵懵"的刘艺说："你这么一宣传，以后提拔干部时哪个还送钱给他！"

有知情人告诉了刘艺一个他一点都不了解的实情：他这次被提拔是因为上面要提拔一个少数民族的党外干部，刘艺是全局唯一符合条件的人选。

饵

将钩甩下水后，那鱼线上的浮标足足有二十分钟没动，郑林倒高兴起来，说明这儿有大鱼，有多年钓鱼经验的他知道但凡没小鱼的地方大鱼就多。

本想利用中午到下午上班前这一个多小时的时间，来千春河钓几条小鱼喂宠物龟的郑林这会儿兴奋起来，他静静地坐在那儿，眼睛直盯着那浮标。凡有过几年"钓龄"的人都知道钓鱼的心要静。

又过了十分钟、二十分钟，浮标仍没动。郑林知道大鱼一般"老道"。要知道一条鱼要从小鱼长成大鱼得经历多少大鱼的追咬，要躲过多少次炸鱼，要避开多少次毒鱼，要经得起多少次鱼饵的诱惑，远不止过七七四十九关、躲九九八十一难，在这些磨难中积累了丰富的逃生与自保经验。

四十分钟过去后，郑林看到浮标动了一下，不是小鱼咬钩那样的轻轻一弹，那是慢慢地往下拉。经验告诉郑林不能急，一定要等浮标完全被鱼拉下水面才能提竿起钓，急了鱼就会脱钩。一条鱼脱钩后，这地方会好几天钓不到一条大鱼的。钓鱼实际上就是骗鱼，将鱼骗上钩。

郑林眼睛牢牢地盯着浮标，手紧紧地握着鱼竿，只要浮标全沉下水后他就提竿。可是，浮标被慢慢地拉下三分之二还有三分之一在水面时就停止了。显然是没有完全吞下那鱼饵。郑林是用蚯蚓做鱼饵的，也就是说这蚯蚓还没完全被吞进鱼嘴里。此时是不能拉的，郑林只能等着。等了十分钟，浮在水面上的那三分之一仍在水面，这种情况是比较少见的。郑林怀疑那鱼是不是将蚯蚓吃完了，而是鱼钩钩着水下的水草。于是，他轻轻地提起鱼竿。就在提起鱼竿的时候他感觉到水下有一东西往下拖了一下，鱼竿提上来时蚯蚓没了，显然刚才就是那鱼拖着蚯蚓的一头，郑林一提竿蚯蚓就被拖掉了。

虽然，没钓到那鱼，但郑林还是感到庆幸，因为这样并不会惊走那鱼，也就是说那鱼还在这水下。他又在鱼钩上钩上几条大蚯蚓甩下水去。他知道这条大鱼再次咬钩还得等一会，那鱼儿得确定了没危险才会咬。果然，十几分钟过去了，那浮标仍没动。

又过了一些时间，那浮标开始被慢慢往下拖了。郑林猜一定是那大鱼咬住了蚯蚓。他屏气凝神握好竿，眼睛一直盯着浮标。那浮标被往下拉着，下到水面还有四分之一时停住了。这次比上一次多拉下去了一点，说明多咬住了一点，也就是说离成功只有一步之遥了。郑林知道这次更得沉住气，坚持一下就是胜利。

可是，二十分钟下去了，那浮标仍没下去。郑林不知道鱼儿将那蚯蚓完全吞下去了没有。他不敢再像刚才那样"轻率"地提竿了，只有坚持等那浮标完全被拉下水。又是二十分钟过去，郑林实在忍不住地拉了一下。这一拉更让他后悔了，他清楚地感觉到有鱼在水下拖着蚯蚓。他把鱼竿拉上来一看，鱼钩上的蚯蚓又没了。

郑林从拉的感觉与经验得出一个结论，这是一条他从没遇到的大鱼。于是，他下定决心要想办法钓到这家伙。他在鱼钩上放上更多更大的蚯蚓后甩入水去。

等了十来分钟，鱼开始往下拉浮标，把郑林的神经也拉紧了。这次那浮标只拖下去一半就停住了。这就更不能拉竿，只好等着。又是十多分钟过去，那一半浮标仍没拖下去。郑林气愤地猛一提竿，又感觉到鱼在水下拖着蚯蚓的一头。提上竿一看，鱼钩上果然没有了蚯蚓。好狡猾的鱼！它不将蚯蚓吞下而是咬住一头，等郑林一提竿蚯蚓就会被它从鱼钩上拖下，它这时才将脱了钩的蚯蚓吃下去。

真让郑林懊恼的，他嘴里骂着："妈妈的，我就不信钓不到你！"他又将鱼钩甩下水，为了迷惑这鱼，他还将许蚯蚓扔下水去。

这次结果仍如前几次一样，就这么又反复了好几次。

这会儿，他刚把鱼钩甩下水，手机响了，里面传来局长的声音："你怎么还不来？县长都等你一个钟头了！"吓得郑林立即收起渔竿往局里赶。

晚了，就因为郑林的"无组织无纪律"，没多久他就被免去了科长职务。

乡 情

郑风打听到马宁是青怡县人，觉得这是天赐良机，他甚至认为成功了一半。

因为，郑风也是青怡县人，他知道在这离家乡千里之外的地方能遇到家乡人，绝对会让马宁激动不已的。郑风了解到马宁16岁多插队到了云南，又从那里跑到国外去的。

郑风这次就想与马宁的宁怡集团合作，解决他们金林公司资金短缺的问题。这年头没资金什么都干不了，金林公司有一个很有潜力的项目，可就是苦于没有资金。听说宁怡集团资金雄厚，如果能与他们合作成功，不仅金林公司获益不小，还会让他在市长面前挣脸面。如果与宁怡集团合作成功，也是市里招商引资的一个重大突破。刘市长曾暗地里许诺，能与宁怡集团合作成功者或促成者，是公务员和国企领导的先提拔一级，三年后再提拔一级；如果是私营企业主，市里除列为市政协常委候选人外，还要给予奖励，并在政策上给予倾斜，在用地、用电方面给予照顾。如果这次合作成功，他这副处级董事长就可以到正处，三年后可以到副厅，起码是市政协副主席或人大常委会副主任。

郑风带着9岁的儿子郑果来到马宁下榻的桂海宾馆，他这次带儿子来的目的是营造私人聚会的气氛，增加这次会谈的亲和力，他要在谈乡情中表达出合作意向。郑风这是为正式谈判做的一次铺垫，也是想借亲情聚会增加一点成功的砝码。

这聊着聊着自然就说到了青怡县,聊到了那条石板路、穿心巷的那个古井、大峰路那棵古槐,还有那钟鸣古寺。其实,那都是三十多年的旧景了,现在那石板路早就被水泥路代替了,那古井早就没有水,被人填埋了,那古槐也因为旧城改造被砍了,只有那钟鸣古寺还在,但也不是当年那清静的古寺了,而是一个增加了八个殿几十个菩萨,全寺每一角落都安装了监控摄像头,香火越来越旺的大寺庙了。郑风知道马宁是四十二年前离开青怡后就再没回去过,而上了年纪的人都很怀旧,所以那些古街、古井、古树、古寺很容易引发马宁的青怡情怀,就是这个情怀对郑风与他谈成这次合作十分重要,甚至关键。

果然,马宁那乡情被郑风调动起来了。为了把马宁的乡情调动到高潮,郑风不失时机地跟马宁用青怡土话谈起来。这青怡土话也就是青怡方言,这青怡话是青怡通用的语言,土生土长的青怡人都会说,也因为青怡在怡都市是大县,所以青怡土话在怡都市都有很强的流通性。可以看得出,青怡乡音更是把马宁那乡情调动到了最高潮,郑风至此也知道这次合作十拿九稳的事了,也就是别人说的"三个手指捏田螺"。果然,马宁同意起草合作条款。可以说,马宁当时非常高兴,郑风更高兴!这绝对是一个十分融洽的聚会,更是郑风运用乡情实现合作的典型范例了。

当然,郑风带儿子郑果去更是让马宁的乡情中增加了一些家的亲和感情。高兴之余,马宁用青怡土话逗着郑果玩。可是,郑果却不懂青怡土话。郑风告诉马宁说郑果是在桂海市出生的,不懂讲青怡话,因为怕青怡土话会影响郑果的普通话读音,所以也就没教他讲青怡话。

这一切都是很顺利的,那天马宁还把郑风父子送到了宾馆大门口。可是,马宁后来却迟迟不跟郑风谈与金林公司合作的事,还让集团合作部的部长告诉郑风,合作的事以后再谈,等时机成熟后再谈。

煮熟的鸭子飞了,郑风懵了。他不知道哪里出了问题,他把那天去宾馆拜访马宁的过程回想了好几遍,也没想出哪出了问题。

好几天以后,郑风才想起那天在宾馆,他说到"怕青怡土话会影响郑果的普通话读音,所以也就没教他讲青怡话"时马宁皱了一会眉头。

对于"时机成熟"是什么时候,郑风也是琢磨了好久才想起了马宁送他们出宾馆大门时说过,有时间他教郑果讲青怡土话。

双意话筒

刘立当副县长刚两年,在群众中的威信就很高,这得益于他在群众中那谦虚与恰到好处的讲话。

刘立在群众中的讲话很受欢迎,他每到一处都会说当地的人们勤劳、充满智慧,说群众很善良……反正是说尽了好话,用尽了赞美之词,表现出对群众的关心。他每到一处的讲话都讲得很振奋群众的心,在群众中很得分。因此,他在每年的民意测评中得分都是最高的,听说他在马上就要开始的换届中极有可能当县长。

其实,刘立的许多讲话都是言不由衷的,有的是工作需要,有的是为了体现政府关怀,有些是为他自己拉票挣分。然而,长期说这样的违心话、大话、空话、假话,他感到压抑。因为所处的职位的原因,他又不能像一般人那样去打沙袋来发泄。久而久之,他感到越来越压抑,他真担心这样下去他会崩溃。

他一个在研究所工作的同学知道了他心中的苦闷,专门为他研制了一个奇特的话筒。这个话筒奇特就奇特在它能同时产生两种声音,一种是他讲话的原声再现,那就是他讲的话原样通过话筒传送到喇叭里;另一种声音就是他在讲这话时心里的真实想法转换成一种心理声音,这种心理声音却通过这话筒的无线发射装置发送到他家的电脑里储存起来。刘立不时能打开电脑来听自己的心理声音,以此来发泄心里的压力。比如,他心里想讲某人蠢得不可救药,但他嘴上说这人充满了智慧。这时,通过话筒传到人们耳朵里的声音是说这人充满了智慧,可传到他电脑里的心理声音却是这人真是个蠢猪。又如,他到春阳贫困村讲话时,嘴上说的和通过喇叭传出来的都是"春阳村的村民们是勤劳、智慧、善良的,你们在不断地、顽强地与贫困做斗争"。但他这时心里想的却是"你们就是笨,不穷才怪",这种想法就转换成心理声音储存在他家的电脑里。再如,他那天嘴上说的"我们政府一定会帮大家解决困难的",但他这时心里却在想:先这么说着,政府哪会有那么多闲钱,总不能把今年出国旅游的"考察费"拿出来吧。这心理声音就通过这话筒发射并储存在他家的电脑里了。

刘立每天都要说很多违心的话,自然很压抑,但他回家只要打开电脑听听这心理声音,心里的压抑就释放出来了。因此,他现在讲假话、大话、空话没有任何压力,想讲就讲,爱讲多久就讲多久。在一定程度上也给他挣了不少分,许多人都认定他就是下届县长的人选,就等两个月后的换届了。

这天,刘立到倒闭的县农机厂去看望下岗工人。在去的路上,他就打好了腹稿,他要对那里的下岗工人说:农机厂的倒闭是国家产业结构调整造成的,你们为改革开放做出了牺牲,党和国家要感谢你们。可是到了农机厂,刘立照腹稿这么对着话筒讲话时,话筒里传出的声音却是:"农机厂的倒闭就是因为王君收受了回扣而高价购进原材料、低价卖出产品造成的。把农机厂弄倒闭后,他不但没事还升了副县长、县长、县委书记。可是,你们也真够笨的,还听信他说是国家产业结构调整造成农机厂倒闭的!"

这声音不谛于一声惊雷,不仅让当时所有在场的人目瞪口呆,在后来也几乎让全县人都惊讶得说不出话来。

原来,他那双意话筒出了故障,把他要说的话传到他家的电脑里了,却把他心里的声音传到了喇叭里,正好传反了。

戏　言

方局长在局里很霸道,搞的是"顺我者昌,逆我者亡"那套,造了许多"小鞋"给别人穿,而且除了对那几个女部下外,他对一般人是不露笑脸的。因此,局里的人都很怕他。

刘艺调来不久,却对方局长的这一作风已有所闻,不过,他认为自己刚调来,要在这个单位混得好,就要与方局长搞好关系。他知道局里上下都对方局长的"严肃"颇有微词,刘艺就想创造一个让方局长表现出和蔼可亲、与部下打成一片的机会。刘艺"拍马"的水平也真够高的,他早就想好了"拍"词,他要开着玩笑对方局长说："方局长，别人怕您，我却不怕您。别人怕您是因为他们不了解您是一个外表严肃，但心里处处为大家着想、时时关心部下的领导，我不怕您，就是因为我知道这点。"刘艺知道这一"拍"，方局长绝对是舒服得不得了。

刘艺想好了就依"计"实施。这天，刘艺见方局长与本单位好几个人在一起，他便笑容满面地对依旧十分严肃的方局长说："方局长，别人都说您可怕，好多人都怕您，可我却不怕您……"

方局长先是一愣，然后立即换上笑容打断刘艺的话说："这就对了嘛！领导有什么可怕的！领导是为大家服务的，是人民的公仆。哪有主人怕仆人的嘛！"说着还笑着亲切地拍了拍刘艺的肩。

这大大出乎刘艺的意料之外，也吓坏了刘艺——因为，他后面那些讨好的词还没来得及说出来，这句话这么一听就"变味"了，方局长与其他人听到的只是"别人怕你，我可不怕你"！这可是对领导"大不敬"、严重顶撞领导的话。而方局长这时表现出来的笑容与亲切让刘艺想到了"笑面虎"这词。刘艺这下子意识到自己弄巧成拙，把方局长得罪了，他不知道将有什么严重后果等着他。

可是，刘艺想不到的是，方局长在此后不久的一个晚上来到他家，说是家访，说领导干部到下属家进行家访，是为了了解同志们的思想与困难。方局长还给刘艺带了礼物，说按当地礼节第一次上别人家是要送礼物的。可是，刘艺却感到方局长的礼物太贵重了，单说送给他女儿的那只玉镯就值三四千元。

刘艺从不解到想到了"钓饵"这个词，他想方局长送礼一定是"抛砖引玉"。因为，除此之外他实在想不出其他"理由"来。于是，他便在两天后包了两万元去方局长家进行了回访。

可是,方局长坚决不收他的"礼物",还说刘艺这是把他当外人,没有把他当兄弟,而是把他当成了高高在上的领导。方局长说这话的语调让刘艺感到绝对是一种好朋友之间的语调。

更让刘艺想不到的事出现了。方局长在一个月后将刘艺提拔当了权力极大的执行股副股长,听说这可是好些人送钱给方局长都得不到的位子。让刘艺更"大跌眼镜"的是半个月后方局长把执行股的马股长调到政策股当股长,让刘艺主持了全股的工作。谁都知道这主持工作就是提拔当正职的前曲。

刘艺陷入了迷惘,他一句"我就不怕你"不但方局长没给他"小鞋"穿,还如此重用他。刘艺不知道方局长为何如此"厚爱"他,他不仅没有当官的爸爸,连个当官的亲戚的都没有,甚至同学中连个像样点的官都没有。

许久后的一天,因为方局长的一句问候的话,刘艺才明白过来这一切是因为什么。那天,方局长对刘艺说:"见到你内弟代我向他问个好!"

刘艺的内弟是县监察局举报中心一个专门负责举报信拆封、登记、分送的普通工作人员。人们传说这个拆封登记人员可以视举报信的内容决定是否登记和是否送有关部门阅办。

无风不起波

"王诚要佳娜脱裤子"这道消息像变魔术似的传播着。顿时,全厂上下像发生了地震一样。

“王诚这小伙子平时看起来挺老实的,怎么干出这事来?”

“耍流氓要判刑的,与幼女发生关系按强奸论处。这小子太冲动了!”

“嗨,冲动又怎么样!错就错在是个女娃娃,如果是个姑娘,只要不拿刀子逼着,叫她脱脱裤子又怎么样!”

……

佳娜是张正根的女儿,今年才六岁!长得挺漂亮的,很讨人喜欢。

群众议论纷纷的,善于找思想毛病的人事教育科宁科长意识到了问题的严重性,他是知道“无风不起浪”这个俗语的,也知道那本古书《增广贤文》中有“一人传虚,三人传实”的古训。强烈的“责任感”促使他以最快的速度向厂长汇报了。厂长指示说,这种事会造成很坏的影响,要立即调查和严肃处理。

宁科长马上让人把王诚叫到人事教育科办公室。

“有人反映你叫佳娜脱裤子,是不是?你要人家女孩子脱裤子干什么?”宁科长开始了工作。

“是的,有这么一回事。”不善于言辞的王诚说:“我是关心她,可我没什么坏心眼!”他从宁科长脸上看出不对头了。

宁科长想,这小子不老实,要女孩子脱裤子还不是坏事!不想干坏事要人家小姑娘脱裤子干什么!宁科长认为王诚自我表白正好说明他心虚。

“年轻人,犯错误不可怕,可怕的是不敢承认错误和改正错误!好好想一想,不要背什么思想包袱,‘有则改之、无则加勉’嘛!”宁科长这个“有则改之、无则加勉”确实让王诚想了很久。

宁科长又迅速地向厂长进行了汇报。厂长说:“他态度不好,以后要严肃处理。不老实嘛,明天你们科与行政科组成调查小组进行认真细致的调查,在人证物证面前他还能耍滑头吗!"

由五人组成的调查组很快就把事情弄清楚了。原来是这样的:那天天气很热,佳娜穿着长裤、还套着裙子跳绳跳得满头大汗。王诚见了后就对她说:"佳娜,这种天可以不穿长裤了,去把那裤子脱了吧!"当时,佳娜不愿意脱去那条新买的长裤。王诚便说:"佳娜听话,把裤子脱了吧!"不知是谁听了后面这话传了出去,让人一变味就酿成了"王诚要佳娜脱裤子"这事。

原来是这么一回事!听了检查组汇报后,厂长长长地吐了一口气。他庆幸自己的部下没干出违法的来,没给他丢脸。宁科长也松了一口气:这场风波总算过去了!

可是,一波未平一波又起!

就在这时全厂又发生了"地震":王诚向法院起诉了!被告是厂长和宁科长。

无法识别

会议结束后,方洪就轻车熟路地来到鸿发商厦的首饰城。他要帮刘芳买那"金镶钻"的手镯,刘芳跟他说好几次了。这种手镯只有这个全省最大的商厦才有卖。

刘芳是方洪的红颜知己,尽管她比方洪的老婆小了七岁,比方洪小了十五岁,但方洪与她特谈得来,在县城里,方洪只要不回家就准在她那里。方洪特想跟刘芳在一起,有什么苦闷都跟她说,好多他不跟老婆说的事却会跟刘芳说。他特喜欢看刘芳笑,那天刘芳羡慕地谈到她的好友丽丽有这么一个手镯，他就决定买一个给她，他可以想象得出刘芳看到这手镯时一定会笑得很灿烂。

到了首饰城后方洪才知道这"金镶钻"手镯价格不菲，九万九千九百九十九元。这对方洪来说虽然不是一个让他紧张的数字，但问题还是有的。问题是他那张别人帮他存钱进去的储蓄卡里只有五万五千元。虽然他身上还有一张储蓄卡里有五万元钱，但这卡他不方便用，因为这是一张折卡合一的储蓄卡，卡在他身上，存折却在他老婆手上，只要动用了卡中的钱，他老婆就会知道。一下子动用几万元钱，他在老婆面前实在是找不出什么好理由来。

突然，他想到了自己还有一张卡。这是先进的储蓄卡，它先进就先进在它不认名、不认密码、只认口音，只要口音对上了就能取出钱来，如果语音不对，怎么都不能取出钱来。人说乡音难改，人的口音是很难改变的，所以这种系统是最安全的，最难被别人冒领。办这种卡的人不用带卡，也不用记密码，取款时只要到银行的无折(卡)取款机上的语音识别系统说几句话，然后输入要取的金额，那取款机就会"吐"出钱来。这种卡是当今银行间激烈竞争的产物，现在的银行最能与时俱进，竞相开发新的服务系统来招揽储户，哪个银行稍一落后就有可能被淘汰。三年前，银行刚推出这种卡时，方洪就办了一个，方洪当时主要是方便老朱、老郑往里面存钱，他俩总共给他存了三十多万元。他查过，这卡中有三十多万元钱。这卡他一次都没用过，这下就可以用这卡解决买手镯的问题了。

方洪找到一个无折取款机，对着语音识别系统讲了几句话，可语音系统却无法识别他的语音。他又换了几台机子，还是无法识别他的语音。他几乎跑遍了省城的无折取款机都因方洪的语音与留档的语音不对而无法取出钱。

这下子，方洪着急了，手镯买不成还不是大事，那三十多万元取不出来事就大了。这种钱又不好拿着身份证去办挂失，那岂不让别人知道了。他不死心，回到县城后，他悄悄地到当地银行取款，仍取不出。他找到银行，可是银行的系统技术没问题，关键还是他的口音不对，倒发现他的口音与王县长口音很相近。

方洪不知道，他担任工商局长后，那语音、语气、语调都完全变了，变得像王县长。

117

远去的红裙子

暗　招

听了倪立的"诉苦"，刘艺说他有办法，他要朱芳再去办一次，他跟着朱芳去。朱芳是倪立的老婆。

尽管刘艺几乎拍胸保证可以"搞定"，但不仅倪立怀疑，朱芳更是不相信。因为，她亲身经历了艰难的过程。为了在家里的老宅基地上建一座五层楼房办的那一大堆手续，她是又跑路又赔笑脸的，不仅瘦了一圈，几乎要虚脱了仍没将那些手续办好。刘艺一个什么背景都没有的乡下小学老师能行吗？

看着刘艺那蛮有把握的样子，在没有其他路子的情况下，倪立与朱芳决定跟他去办一次，这也是有些"死马当作活马医"的意思，再说跑了那么多个来回，也不差这一次了。

很快，刘艺也亲身感受到了办这些手续的麻烦。办用地手续、房屋准建手续、用电改线路手续、自来水用水手续、建筑垃圾堆放手续……一大堆手续要办，土地局、城建局、市容局、住房局、电力局、自来水公司、电信局、劳动督察部门等近二十多部门都要去，少一个部门不去都不行。刘艺与朱芳就一个个部门跑。

　　第一个要办的是用地手续，进土地局大门时朱芳还不由地打了一个哆嗦。上次，朱芳去办那用地手续时，在那个办事的股长办公室，那股长借口辅导她填表，手有意无意地在朱芳的胸部与臀部碰着，见朱芳忍着不敢发作，他的手还"无意"地放在她腰间，还提出要请朱芳去跳舞，当时朱芳吓得找了个借口忙"逃"了。现在，朱芳想起来还心有余悸。她知道今天有刘艺陪着，那股长不敢对她怎么样，但还不知道因为上次她的"逃"而怎么为难他俩。

　　刚进股长的办公室，朱芳就感到了刘艺真是个乡下来的人，对什么事都不懂，他进了股长的办公室没有给朱芳赔笑脸，而是直截了当地问那股长："这用地手续很难办吗？会不会让来办理的人有脸难看，事难办的感觉？"——刘艺那口气当自己在课堂里向小学生们提问。不仅如此，他还把他背着的那包随意地往股长的办公桌上放。刘艺这么一弄，朱芳基本就感到绝望了，对刘艺她想到了"成事不足、败事有余"这句话，她几乎就要扭头往外走。

　　就在这时，只听见那股长说："我们土地部门时刻牢记为人民服务的宗旨，扎扎实实地为群众办实事，我们还实行了限时办结制。您马上就会看到我五分钟内帮这位女同志办好用地手续。"那股长一改刘艺与朱芳进门时他那板脸瞪眼的神态，换上一副笑容，从朱芳手上接过申请材料。这把朱芳吓了一大跳，她知道"暴风雨来临之前的平静"，也知道笑面虎是最可怕的，她真不知道那股长会不会"笑"着撕掉那申请材料。可是,朱芳没想到那股长不到五分钟真把用地手续办好了。以至出了土地局大门好久了朱芳还在辨别那用地证的真伪。刘艺肯定地笑着对她说:"真的,绝对是真的。"

也真是奇怪,剩下的手续办起来也都很顺利。手续很快就全部办好。不仅倪立弄不清其中的缘故,就是与刘艺一同去办手续的朱芳也如同在梦中。

他们夫妻俩问急了,刘艺笑着指了指他去办事时一直带着的那个包,扬了扬他手中的笔。这时,朱芳认真看了看这包。

这是一个长方形的硬盒式包,边上开了一个小口,小口处可隐约地看到一个摄影机镜头之类的东西,朱芳与倪立再看看刘艺手上拿的那笔——很像一支录音笔。他俩恍然大悟地大笑起来:难怪刘艺每次都把这包往那些"办事"的人办公桌上一放,接着说"请问",云云。人家很容易想到"暗访记者"这个词。

当刘艺打开这包时,朱芳与倪立更是笑得直不起腰来。原来,整个包里只是小口处有一个旧照相机的镜头,其他的都是废纸。

第三辑

三

家长里短

兄　弟

　　由于二伟老婆的唠叨就有了这道门,才有了后来的这些事。

　　这都是因为房子。盖这房子时,他们的父亲还在,大伟与二伟兄弟都没娶媳妇。后来,大伟与二伟相继成亲了,开始时也没事。再后来,他们的父亲去世了,仍没什么事。真正开始有事的时候是大伟的儿子大宝出世后,确切地说是大宝四岁时开始的。

　　他们家这两层的楼房是老式的,这楼房一楼正中是一个厅房,厅房左右两边各一套厢房,大伟与二伟各一套。这两边厢房各有一个楼梯上到二楼。这二楼虽是两边各有一个楼梯上楼,但二楼上的两套房子的门口却是通过一个过道连在一起的。从这套房门口通过过道可以到那套房门口。从这楼房的构造也可以看出当初他们的父亲在砌楼房时沿袭的是过去那种小分大不分的理念,也就是说在家里兄弟俩分了家,但在外面兄弟俩又是一家人。在他们兄弟俩还没成亲时,大伟早上经常从过道过去把二伟叫起床,晚上兄弟俩谁要有个头昏脑涨的,另一个也从这过道过去照应一下。就是兄弟俩都结婚了,谁要缺个针头线脑的,也会从通过这过道过来拿。

　　后来,大伟的儿子大宝有四岁了,这大宝跟叔叔婶子特亲,经常到二伟家去玩,到了吃饭时间也不过来,就在二伟家吃了。开始几餐没事,次数多了二伟媳妇心中那小账本就打开了,她几次跟二伟说在那过道用防盗网隔起来,中间开一个门,平时锁着,有事了再打开可以通过,到了二伟的儿子快出生时,二伟媳妇对这事"要求"更强烈了,一天到晚在二伟耳边唠叨个不停。二伟当然知道那么做会使兄弟之间尴尬,可架不住妻子那没完没了的"轰炸",那天只好硬着头皮跟大伟说了。记得当时大伟夫妇沉默了好一阵子,但还是心情沉重地同意了。

于是,大伟与二伟二楼的房间门口的过道中间就多了一个防盗网或叫安全网之类的东西,网上安了一个用钢筋焊成的简易铁门,这铁门上有两个锁扣,根据二伟的说法两家各用一把锁锁住一个锁扣。于是,这钢筋焊成的门上就有了两把锁,虽然彼此可以看到,还可以伸手递东西过去,但两家要同时打开各自的锁才能打开这门。这样,看起来多少有些不伦不类了,这门隔开了两家,但能打开;能打开却又锁着两把锁,说难听点这门还真有些像婊子立的牌坊。

从那以后,过道上这门就一直由两把锁锁着,二伟锁的是一把大大的、很牢固的铁头锁,大伟也用的是一把新锁。不过,后来二伟的儿子小贝两三岁时,大宝还经常从这门的钢筋间的空隙递些玩具给小贝。

小贝七岁那年的一天,大伟突然接到二伟的电话,二伟在电话里要哭了,他说他在离家两里路的圩上,家里的二楼起火了,火把门封住了,小贝在里面出不来,过道中间左边的二伟家锁的这把锁小贝自己能打开,二伟求大伟把大伟锁的那把锁打开,让小贝能从那过道上过来,从大伟家逃出去。大伟告诉二伟说他们夫妇都在镇上卖菜。二伟知道镇上离家有七八里路,一下子是肯定赶不回来了,他绝望地大哭起来。

这时,他听到电话里传来大伟的声音,大伟告诉二伟,他那把锁是虚锁的,只要轻轻往下一拉就能拉开。

小贝照二伟在电话里说的，打开自己家锁的那把锁后把伯伯家锁的那锁轻轻地一拉，锁就开了。小贝便通过那门从大伟家逃出来了。

　　二伟赶到家时，乡邻们已把火扑灭了。他看到了大伟一直虚锁着的那把锁，锁上没有半丝锈迹，他知道一定是大伟经常在那锁上打油不让那锁锈着。

　　这时，二伟不知道怎样才能不流泪。

财　富

　　好多人都说赵庆南有福，没有"后顾之忧"！三个儿子的工作单位都很好，老大启明在财政局，老二启星在工商局，老三启亮在银行，三个儿媳妇也都是与儿子同单位的，都是肥得流油的单位，三个儿子的小日子过得很红火，生活早已达到了"小康"。

　　说这话的人哪里知道赵庆南的苦处。儿子越来越大，回家来看望他的次数越来越少，尤其是他们结了婚后，就是偶尔回来了，三个儿子之间和三个儿媳之间也常为一些鸡毛蒜皮的事吵来吵去的。几个月前，赵庆南不小心把腿跌断了，三个儿子为照顾他的事也吵得不可开交。三个儿子原商定好每人照顾一个月，花钱三人平摊的。可二月份只有28天，老二少照顾了两天，老大和老二就不干了。老大非要老二补上两天，老三要老二多出点钱。老二当然不同意，说二月份少两天是自然规律，你们有本事就让二月份也有30天呀！三个儿媳妇也在里面瞎搅和，为这事三兄弟吵得已经不讲话了，几乎要打起来，差点还要上法院。从那以后三兄弟就再也没同时回来过，就是赵庆南生日那天老二早上回来一转，老三中午送了个蛋糕回来，老大让儿子回来陪他吃了顿晚饭。

赵庆南心里不知有多难受！三兄弟小时候相依为命吃了不少苦！赵庆南被关进"牛棚"，妻子进"五七"农场（后来病死在农场），那时老大只有十一岁。他不但要带两个弟弟，还要捡破烂帮两个弟弟买书。有一次，老三砸了人家的窗户玻璃被人家追打时，老二用手护着弟弟、自己手上被打出了许多血痕。那一次，老大打坏了家里唯一的钟，老三为了不让哥哥挨打，就说是自己打坏的，替老大挨了一顿打……现在却弄到了这种地步。

"儿大不由爷"呀！赵庆南苦口婆心地跟三个儿子谈了好几次，希望他们三兄弟能和好，可没见什么结果。

一日，赵庆南拿定主意要回农村老家去度晚年，一图清静，二想归根。

他走这天，三个儿子都来送他，除二儿媳出差去了不能来外，大儿媳和小儿媳也来了。临上火车时，赵庆南声音有些低沉地对他们说："我回乡下去住了，准备了三份礼物，每家送一份。这三份礼物是一模一样的，放在我卧室的那个小铁柜里。那铁柜上有三把锁，你们必须同时去才能打开。这份礼物对你们来说，可能是一笔财富。你们约个日子一起去打开它吧！"他给每个儿子一把钥匙。

赵庆南走后的一天，他的三个儿子、三个儿媳及两个孙子、一个孙女约定回到了家里，一起打开了那个铁柜。铁柜里有三个用红布包着的包，他们各拿了一个，迫不及待地打开。

里面各包着两张用旧底片新冲晒并过了塑的黑白相片。一张是他们小时候与父母照的"全家福",一张是他们三兄弟小时的合影。

秤

单大妈过日子一直很节俭,退休了还是这样。

单大妈退休后跟着小女儿小岚过,帮女儿做点买菜做饭、擦桌子扫地之类的家务,都是一些轻巧事,稍麻烦点的便是买菜,也就是这点事让单大妈头痛的。

现在的菜多,那价格却怪! 同一种菜,东街与南街的价格不同,街头与街尾的价格不同,上午和下午的价格也不一样。单大妈尽管身体不是很好,但有时为了一斤菜能便宜两角钱,她不惜从街头走到街尾、从东街走到西街和北街,走一大圈路。其实,单大妈的退休工资虽说不高但也不是很少,女儿每月交给她的伙食金也很多,女儿女婿叫她多花点钱算了别那么辛苦。单大妈总说能省就省点吧! 以后花钱的时候还多。

多走点路,单大妈觉得倒没什么,最让她气不过的是那些卖菜卖肉的常短斤少两。在她看来短斤少两就是变相提高价格,就是骗她的钱。单大妈平时最恨的就是别人骗她,六元钱一斤的猪肉少了一两半就变成了七元三角钱一斤。有一次她买了二十斤肉来腌腊肉,拿回家一称少了整整两斤,她到市场找到那卖肉的,那人不但不承认反而说她想敲诈。两斤猪肉就是十二元钱呀!单大妈回来后伤心地流了好久的泪。在许多人看来,现在犯不着为十二元钱而如此！小岚理解母亲,母亲为了把五个儿女拉扯大苦了大半辈子,真是苦够了。小岚记得小时候,母亲为了那糊一个纸盒得五厘钱经常糊纸盒到深夜,有时糊一夜还得不到五角钱。这十二元钱她能不心痛吗？

现在短斤少两的事太常见了,好的称一斤只少三钱半两的,一般的都要少一两、甚至二三两的,单大妈买菜当然也时时少秤的。因此,单大妈几乎每次买菜回来都要怄一阵子气,不时还为这事伤心地流泪,有时买一次菜回来要怄很长时间的气,这对身体本来就不是很好的单大妈来说更是有害无益。小岚和丈夫很着急:不让母亲去买菜又怕她老人家不高兴,可这样下去也不是个办法呀！

一天,小岚拿着一把小弹簧秤给单大妈:"妈,以后您到码头边那刚开张的新市场去买菜,听说新市场里卖菜的本分些。带上这秤,你当场称一下就知道少秤了没有。"

单大妈带着那弹簧秤到码头边新市场去买菜,她一一地称了,共买了五样菜,有两样菜给足了,有两样菜还略多了一点,只有一样菜少了不到两钱。"新市场还是新市场！"单大妈买菜回来脸上第一次有了笑容。从那以后单大妈就在新市场买菜了,虽说稍稍远了一点,但每次买菜回来都是笑容满面的。

偶然有一天,单大妈到东街南街发现那里卖菜的也变了,称比较足,少秤也最多只少一两钱而已。她回家说了为事,小岚说前一阵工商局抓了一下,罚了几个。小岚还说:"妈,北街和西街也整顿了几次,或许也好些了。"

果然,那天在北街和西街买的几样菜,单大妈用那弹簧秤来验证,几样菜没有一样少了秤。

后来好久一段时间单大妈买菜只有一个人少了半两秤,她称出来后那人便当场补给了她。

就这么一桩不顺心的事都顺了,单大妈再也没有为短斤少两的事而怄气,脸上的笑容多了,精神好了,身体也一天天地好起来。

后来过了很久,单大妈还是发现了这弹簧秤的秘密。她明白了女儿的孝心,幸福地流了好多泪。

宝

人走运的时候走路都会被金砖砸着脚后跟,刘家村的刘齐建就是这样的,他在自家的地里挖果树坑时竟挖到了一个古代的青铜鼎。

上过高中的刘齐建自然知道古董值钱,只是他这个文化程度无法知道这是哪个朝代、价值多少的文物,正好省电视台举办一个类似“华豫之门”的鉴宝节目,刘齐建便抱着这青铜鼎参加了鉴宝节目。这一鉴定,把刘齐建吓了一大跳,这竟是一个春秋战国时期的青铜鼎,价值一百八十万元人民币。刘齐建也凭这个宝物获得了那场鉴宝节目的大奖。

刘齐建一下就成名人了,人们都知道了他,也知道了他的这个宝物。他回到村里,不仅这十里八乡的乡亲们都到他家来看宝物,村干部、乡领导甚至县领导也来他家看这宝物。还有一些收藏家、文物贩子找来他家想购买这个青铜鼎。开始时还真让刘齐建脸上挺有光的。

可是，很快他就没有了开始的喜悦，仅接待来看宝物的人他家每天就要烧几大锅开水，用掉几斤茶叶，县领导、乡领导来他还得杀鸡宰鹅招待。这花钱不说，可是耽误了许多时间，果园里的事根本没时间去管。

这宝物的处置也是一个大问题，大多数人主张刘齐建把它卖掉了，能卖个百八十万元的，多爽！刘齐建这些年种特色水果每年有十来万的收入，这百八十万对他来说是个大数目，但也不是个天文数字。他想把这个宝物留着，除了做传家宝之外，还会让自己有一种"家里有宝"的感觉。再说，如果卖掉这宝物，大家知道他卖了上百万元，就不知有多少人打这钱的主意，还有那借钱的也会把他搞得焦头烂额的。搞不好这百八十万的不够，还要留下无穷的后患。

可是，把宝物留下来，最头疼的是宝物的安全问题。虽然，他从参加鉴宝节目回来后就买了一个保险柜，把那青铜鼎放在了保险柜里，但现在打开别人的保险柜对一些人来说已不是一件很难的事。再说，这么多人来看，让人弄个"调包"的事也不是不可能的。刘齐建想：不知有多少人"惦记"着他这个宝物！这宝物放在家里的保险柜里就让刘齐建放心那是假话。在这偏僻的乡村里，别说是偷，就是明目张胆地抢也是很容易的。即使不会开保险柜，开个车子来把保险柜装走也不是不可能的。

因此，除了加高院子的围墙，加大门上的锁和多养了一只狗外，刘齐建每天在果场里几乎每隔两个小时就要回家看看那保险柜。出门在外也惦记着那宝物而不敢在外面逗留时间太长。每天晚上他要看保险柜几次。他还不时地叮嘱老婆、儿子注意安全，不要单独行动，要与大家在一起。就是再三交代了，他还经常到学校去看看儿子或接送儿子上学放学。因为，这些年来绑架家人让人用钱来赎的事越来越多。

就这么过了两个月。这两个月里，刘齐建无时无刻不担心那宝物，不仅是他担心，妻子也担心，担心那宝物，更担心他们的儿子。他不敢像过去那样走亲访友，也不敢像以往一样去找朋友下棋，更不敢到乡里去看戏。这两个月来，他几乎没真正笑过，也明显瘦了许多。这才两个月呀！

这天，刘齐建与妻子商量后做出了一个让人不解，尤其是让那些古董商困惑的事，他在与电视台、电台、报社的记者联系后将那个宝物无偿赠给了省博物馆。

电视、报纸都报道了这事，刘齐建与妻子再次成了名人。许多人都"恨铁不成钢"地说："那可是个宝呀！"刘齐建的二叔还直骂他是个败家子。

刘齐建与妻子露出了久违的笑容，说："东西送走了，可宝却回到了我们身上。"

大家都说刘齐建与妻子说话莫明其妙的，有的人还悄悄地观察着刘齐建夫妇说这话时眼睛是不是发直，或者无神的。

刘齐建与妻子看着自己逐渐恢复的身体，开心地说："啥是宝，他们哪知道哟！"

考　核

洪方今天是遇到一个让他两难的问题，女朋友刘芸叫他上午去见她母亲，市文明委的检查组要来考核他们办税服务厅"文明窗口"保持情况,可他分身无术。

谁都知道第一次见女朋友的父母的重要性。他俩恋爱一年了,刘芸父母离异,她是母亲抚养大的,这第一次去见她母亲实在是太关键了,直接关系到他俩能否成功。可是,市"文明窗口"考核组的考核也特别重要,直接关系到他们能否保住"文明窗口"这块牌子,谁都知道"得牌难、保牌更难"的道理,他这个办税服务厅主任怎么能这时候离开呢!

他当然知道哪边轻哪边重的。洪方拿定主意后便在办税服务厅"值班领导"席上坐下,听说市文明办的考核组要晚一点到。这办税服务厅的事也真够多的,他刚坐下来,就有一个中午妇女可能是看了公示牌上的照片与名字,径直向他走来。

"你是洪主任吗? 我可以找你帮帮忙吗?"那中午妇女问。

"您叫我小洪吧! 我能您为做什么吗?"洪方说。

那妇女压低声音说:"我想开一张发票,不知要缴多少税款? 能不能用低的税率收税?"说着递给洪方一张上面写着数字的纸片。

洪方接过纸条说:"请您稍等!"然后用计算器计算起来。很快,他就对那妇女说:"您应缴纳 344 元 1 角 7 分税款。我们严格按税收法律法规征税,不能多征一分钱税款,也不能少征一分钱税款。"

那妇女低声地说:"真不能少? 就不能变通一下吗?"

洪方说:"我们必须按国家制定的税收法规征收税款,欢迎广大纳税人对我们进行监督。"说着,指着墙上对那妇女说:"这有举报箱、意见箱,有举报电话。"

那妇女笑了:"不愧是文明窗口! 我真来对了"。她告诉洪方,她叫刘虹,是物资局新来负责争创"文明窗口"的,她这是来取经的。

原来是这样！于是,他便热情地向刘虹介绍了他们办税服务厅创建与保持"文明窗口"的做法,还应刘虹的要求,给她看了资料。

这时,洪方的手机响了,可他没接,继续向那妇女介绍着。电话一直响着,那妇女就催他接:"电话响了,咋不接?"

洪方说:"我这时候接电话是不礼貌的。"

刘虹说:"你接吧,我自个儿看看你们公布上墙的这些制度。"

洪拿出手机一看,按了一下放进了口袋里。刘虹感到奇怪:"咋又不接了?"

"这是一个私人电话"。

"看你那害羞的样子,一定是女朋友的电话吧?"刘虹的观察力不错。

"是的。"洪方正说着,手机又响了一声,这是来信息的信号。刘虹关心地对洪方说:"看吧！一定有急事。"她给洪方台阶下似地拿起一份资料说:"我看看这些资料。"

洪方一看手机短信息:"你五分钟之内不回电话,就不要去见我妈了！"

手机短信息被刘虹无意中看到了,她说:"你女朋友生气了?"

知道了刘芸要洪方去见她母亲的事后,刘虹关心说:"哎哟,这可得重视呀,第一次去见丈母娘很重要的。你马上打个电话给她吧。不然,这姑娘一生气跟你吹了咋办?"

"没关系的,下班后我好好向她解释,我相信她能理解的。"

"万一这姑娘不理解咋办?"

"如果不理解，真要吹也没办法。这一点都不理解，怎么能与我们税务人员生活一辈子。我们税务人员工作很忙，经常早出晚归，常常顾不着家，可能还会因为征收亲戚的税款或者处罚了亲戚的偷税违法行为而被误解。如果她不能理解我，将来怎么能做好税务人员的妻子。"

刘虹惊讶地看着洪方。然后，她走到办税服务厅另几个"纳税人"中去商量了一下，与他们来到了洪方跟前，说："小洪主任，你知道我的真实身份吗？"

洪方摇摇头。

"我是文明窗口检查组的组长。今天对你们采取了暗访式考核。洪主任，你们的工作做得很扎实，很有创造性，'硬件'、'软件'都很好。现在，我代表检查组宣布你们办税服务厅通过了文明窗口考核。向你们表示祝贺！"

这太突然了，洪方惊喜地说："感谢领导的厚爱与鞭策。我们今后一定更加努力，为'文明窗口'这一荣誉增添光彩。"

"我们完全相信。"

这时，洪方的手机铃又响了。

"接吧，考核已结束，你接个电话也没关系。"刘虹说。

洪方说："等会儿再接吧。"说着又在手机上按了一下，把手机放在口袋。

这时，刘虹的手机铃响，她看了看手机，对洪方说："我接个电话。"她听着电话，满意地微笑着说："我'考核'通过了！人不错！行，行！好，好！"

刘虹对洪方说："因为你不接电话是吧，电话就打到我这里来了。"

洪方一头雾水。

刘虹说:"刘芸让我告诉你,她妈妈请你今天下班后上她家吃晚饭。"说着,把手机递给了洪方,里面传来了刘芸的声音。

天呀,刘虹竟是刘芸的妈!

遮风避雨的地方

这房价比春天那河里的水还涨得快,发疯似的往上蹿着,几乎是一天一个价,今天能买一个平方米房的钱明天早上就恐怕只能买半平方米的房了。

芳子硬逼着淳子赶紧买一套房,他们现在住的这房是租的,他们早就盼望着自己有一套能遮风避雨的房子。可淳子与芳子两个人的存款还远不够!他原想再存上几年的钱,然后买一套商品房,可是存钱的速度远不如房价上涨的速度。芳子说如果再不买,现在存的钱到那时就买不到现在这么多面积的房子。可现在淳子他们的钱只能买半套房子,没有哪个开发商肯卖半套的,这个小县城也没有实行首付方式。虽然他们看中的那套房子的开发商中有一个叫邢子的是以前的街坊,可邢子说这房地产公司是几个股东的,他只是一个小股东,说不上什么话,但他可以说服其他股东同意这剩余的房款推迟三个月交清。他又说如果淳子三个月后不能交齐剩余的房款,这房子不仅不是淳子的,在退还已交的购房款给淳子时还要扣两万元作为违约金。邢子还说这是公司成立以来对顾客最大的照顾了。

淳子也知道现在的房子特别好卖,三个月后那价格可能要涨个三五万的,因此他对邢子还是非常感激的。交了一半多一点的房款后,淳子向亲朋好友借了一些,可还差一大截。淳子就是钱再不够也不会问他父母要,他知道父母退休得太早,退休工资低,加上两位老人长年多病,每月下来几乎没什么余钱了,不欠债就不错了。可芳子说淳子的父亲退休前在一个局当了十几年的局长,现在哪个当了三五年局长的不肥得流油。淳子说芳子不懂!他父亲虽然当了十多年局长,但那是二十世纪七十年代和八十年代初的事了,那时的领导是没法收受贿赂的,也没人贿赂领导。淳子的父亲那时代唯一的特权就是能得到一两个日本进口的尿素袋。在二十世纪七十年代,各地供销社每年都能分到一些国家下拨的日本尿素,供销社将尿素拆开分给生产队后,这个尿素袋子就被供销社的领导当礼物送给一些领导。这尿素袋子是现在没人穿的一种叫的确良的化纤布,两个尿素袋子就能做一件衣服。许多人就将这尿素袋子染一下做衣服穿。在当时那个买布还要布票而且每人一年只有一尺布票的年代,有两个尿素袋子已是奢侈品。

淳子与芳子只能靠自己。于是,他们就制定出一个挣钱计划,淳子下班后用自己的摩托车跑"摩的"运客,芳子就在下班后和业余时间推销保险和安利产品。他们不相信自己的手比人家的短,就弄不到钱。

从那天开始,他们就没有了休息时间。淳子开"摩的"除了辛苦之外还得提心吊胆地躲运管和税务这些收税收费的单位。芳子卖保险与安利产品不但辛苦和处处赔笑脸,有一次还差点被一个暴发户占了便宜。除了累之外,他们也真正感到了挣钱的不容易。可是尽管这么辛苦,他们这两个多月虽然挣到了一些钱,但离付清房款还差着好几万!

眼看交款期限就要到,交不足房款不但房子得不到,还得损失两万元的违约金。经过这两个多月的辛苦,淳子与芳子更知道两万元的金贵。淳子知道无论如何是交不齐房款了,于是他便拿着一条好烟来房地产公司找邢子,请邢子帮忙与公司说说再宽限两个月。

淳子来到邢子办公室,他还没说话邢子就说:"你来了,这是钥匙,拿去吧!"

淳子想邢子一定是以为他带够了剩余的房款。他正想说明自己来的目的,可邢子还没等他开口就把钥匙往他手上一塞:"快去装修房子吧! 我还要去土地局办事,有事我们以后再谈!"

淳子开始还以为邢子是开玩笑的,当他试着去新房子把钥匙插入那门锁时,门真的开了,他这才意识到这是真的。淳子不知道是邢子让他以后再付款还是又打了折,可他顾不得那么多了,他想虽说没交清房款没有房产证,但住进去再说! 装修好住进去了邢子总不能把房子收回去吧。

于是,他就忙着装修。这期间几次遇到邢子,都没见邢子跟他提钱这事。他也装糊涂。

淳子搬进新房子的那一天,邢子也包了一个红包来庆贺。淳子自然不敢怠慢,把邢子当恩人敬着。酒酣时,淳子说:"你真够哥们,不过你放心,那差着的房款我一定尽快地给你的。"邢子说:"你没欠我房款怎么还要给我? 你喝多了!"

"我没欠你的房款? 我喝多了?"淳子真怀疑自己喝多了。可他是清醒的,他知道自己并没再付过房款。在淳子的再三追问下,邢子告诉他有人帮他付清了房款。可邢子就是不说是谁帮他付的款。

谁呀? 淳子与芳子怎么也猜不出是谁。他们没有什么发大财的亲戚,也没有在国外的亲朋好友,就是连发大财的同学都没有。淳子猜不透,芳子更猜不透。

这天,淳子的父亲与母亲也包了个红包来庆贺。红包大大的,硬硬的,不像钱,比存折大。负责收红包的芳子猜不出是什么,就悄悄地到里间拆开了这个红包,是房产证!

当着那么多来庆贺的人,淳子与芳子把两位老人扶到正厅坐下。然后,他们流着泪给两位老人行了一个叩头礼。

冬花家里发生的事

茶源村的水好,把女人们养得白白嫩嫩,水灵灵的。寡妇冬花都三十七八、娃儿桂生也成十六七岁的小后生,她仍然是那么有风韵,脸儿白里藏红、奶子大大的、腰儿细细的、屁股圆圆的,还像个二十七八的新媳妇似的,弄得村里好些男人看着心里痒痒的,想着法子都要去跟冬花套近乎。

冬花的命苦,还不到三十岁男人就死了,丢下她和不到七岁的桂生。那时冬花比现在还要漂亮,别人劝她改嫁她不肯,硬是一个人把桂生拉扯大了。一个不到三十岁的女人拉扯着一个娃儿真够难的,男人死时只留下几间穷得空荡荡的房子,她一个人起早摸黑地种地、养鸡、放鸭来养儿子,晚上在那空荡荡的房子里守着孤灯,还常碰到一些男人的骚扰。有一天晚上她起来给从外村借来的牛添草,被一个男人从身后抱住,双手抓在她的奶子上,当时她吓得又扭又叫的,挣脱那男人的手跑回家插上门喘了好久的气才哭出声来,她哭了一夜整的。就这么难,她也总算把桂生拉扯大了。

大前年,山外来了一个铁匠,没地方住,村里人的房子不宽敞,冬花男人死后多出一间房来,村里人劝冬花租了给他住。这房子虽与冬花的房子在一起,但是一个单间,门朝外开的。这铁匠四十刚出头,叫赵昌山,是个老实人,家里也有女人娃儿,他很知趣地每月给冬花30元房租,还帮着冬花干些男人干的农活,有时他还打一些锄、刀之类的铁器送给冬花。

那些年,30元钱对冬花也不是小数目,那赵昌山在冬花面前也是规规矩矩的,半点出格的话也不敢说,半点出轨的事都不敢做。冬花对他的防范渐渐少了,见他累了有时帮他洗洗衣服、帮他烧烧洗澡水,但是她对他却没有半点那种感情。

去年,赵昌山不打铁器了,干起收山货的买卖来,在村里收些山货出去卖,又买些日用品到村里来卖。钱渐渐多了,不仅给冬花的租金多了,而且每次出山回来多少总要带些东西给冬花和桂生。

这天是腊八节,赵昌山从县城回来,又帮冬花和桂生带来好些东西。冬花特地杀了一只鸡,帮赵昌山开了一瓶"湘山"酒。赵昌山好像特高兴,第一次喝完了一瓶白酒,脸红了,话也多了。就在这天夜晚,他不知怎么地弄开了冬花的房门,爬上了她的床,冬花拼命地挣扎。可她一个女人怎么能挣得脱这又壮又粗的打铁汉呢!

清晨,冬花的哭声惊醒了桂生,他赶过来看见母亲衣衫不整、头发凌乱地坐在床沿边哭,赵昌山却跪在地上悔恨的样子:"冬花,原谅我吧,昨夜我喝多了,以后再也不敢了!"桂生明白了是怎么回事,转身从厨房拿来把锋利的菜刀。赵昌山见桂生气汹汹地进来，又跪到桂生面前说："桂生，我喝酒醉了，你放过我吧，我保证以后再也不动你妈了！"

桂生举着刀的手还没劈下，赵昌山又说："桂生，你原谅我吧！县城有座比小山还要高的十层楼的图书馆，那里面有好多好多的书随便看。全国的书那里都有，还有外国的。有讲飞机大炮的，有讲天上的，有讲海里的。"赵昌山见桂生的脸色有些缓和便接着说："过些时候，我一定带你去那里看书。你可以在那里看到各种各样的书，你喜欢看多长时间就看多长时间。"

桂生稍有些犹豫，赵昌山趁机发誓："桂生，你放过我吧，我保证以后对你们好，保证带你去看书，我说话一定算数。"

桂生想了那么一阵子后咬了咬牙说："以后不能再动我妈，刚才说的事一定要做到。"赵昌山连忙答应。

此后，赵昌山还住在冬花家，他非常后悔，从那以后不但没再动过冬花，反而更加卖力地帮她做家务事，每次出山回来帮冬花和桂生买的东西更多，对他们也更好了。

大家也就相安无事了。时间过了一天又一天，桂生几次催赵昌山带他下山去县城的图书馆，赵昌山都以各种理由推说下次带他去。一推就是大半年。

一天，桂生偷偷地拿了家里的一点钱就下山到县城去了。从县城回来他就把赵昌山杀了。

据说他到县城四处打听后才知道：县城不但没有那座十层楼的图书馆，就连原来仅有的那不到一百个平方的图书馆也在两年前改成了按摩室。

见面礼

山旺村陆永福的心里这会儿正在那几十个白果树坑上。

乡里搞开发性农业，号召大家种白果。陆永福也知道白果是一种好经济植物，据说能防癌抗癌，可以卖出好价钱。他辛辛苦苦一星期，在自家的责任山上挖了几十个坑，准备种上白果，可没有白果树苗卖。他去了县城好几家种苗公司，想了很多办法都没买到白果树苗。这会儿他正为这事皱着眉头，尽管老伴几次提醒他女儿娇芳的对象华平要来拜见他，这本来是件喜事，他此时全无兴趣了。老伴唠叨了好久他才换上一套稍整洁点的衣服，但脑子里想的还是那白果树苗的事。

中午过了，还没见华平的影子，听娇芳说他早上来。这让本来就因买不到白果树苗而不愉快的陆永福更不高兴了，第一次上门就不守时间，不把老子放在眼里！

下午三点钟左右，华平来了。他两手空空的，没拿一点东西，既没提烟也没拿酒，一进门恭敬地叫着："伯伯，伯娘。"陆永福本来就在气头上，见此情景更是气愤：这小子真不懂礼貌！按这里的风俗习惯，哪有第一次上门不带见面礼的！他极不高兴地"嗯"了一声。按这里的风俗，男方第一次到女方家认门不带之礼物，女方家会让别人看不起的。

"伯伯、伯娘，实在对不起！我到县城办了点事刚刚下车，没给你们带什么礼品，请你们原谅。"华平很歉意地说。"不过，我给你们带来了另外一样东西来,华平说着到院外挑了一担东西进院来。"

陆永福眼睛一亮:白果树苗。"你是从哪弄来的?"他忘了刚才的不快!

华平告诉他:"我请县里农技推广站的同学帮忙买的。今天早上我搭早班车从县城带回来的,所以来晚了。"

"你这小子还蛮懂得老子的心事哩!"陆永满脸上露出了满意的笑容说,"去洗洗脸,饭菜马上就热好,喝两杯!"

华平去洗脸,陆永福笑着对娇芳说:"去把我那瓶汾酒拿出来。想不到岳父还要倒贴酒招待女婿! 真是赔了女儿又赔酒哟!"

"阿爸——"娇芳的脸羞成了一片桃花。

娘　亲

方妈去买刘垒最喜欢吃的豆糕。这一段时间,方妈让大儿子刘树把家里的墙新刷了一遍,把家具重新漆了一次,把家里的被子洗的洗、换的换,将家里的那几张烂凳子扔掉,买了新的,就差没把房子重新砌一次了,如果不是时间来不及也难保她不这么干。

因为,她的小儿子刘垒要回来探亲了。刘垒大学毕业参军后有几年没回来过。第一年,他还不时地打个电话回来。第二年除了偶尔有一封信回来,就没有电话。再后来,刘树告诉她刘垒当了连长,部队在西藏,太远了,回来不方便。方妈也埋怨过刘垒不打电话。可刘树向着刘垒,告诉方妈说刘垒的部队是保密的,工作也是保密的,不能打电话。后来,刘树给她带来消息:刘垒已被部队派到国外参加维和行动,不能打电话。从此,方妈就天天在电视里找中国军人参加维和行动的新闻看,但从没在电视上看到过刘垒,刘树说刘垒的工作是保密的,不能在电视上露脸。方妈说写信给刘垒,刘树说刘垒的维和部队经常流动的,很难有确切的通讯地址,写了也收不到。

方妈听街道的张大爷说军官有探亲假的,刘树还是向着弟弟,说可能刘垒想把几年的假攒到一起好回来多住久些。这一年,方妈七十大寿,依然没见刘垒回来。刘树告诉她,刘垒本来是准备回来的,后来部队突然有紧急任务就不能回来。

半个月前,就在方妈感觉不对劲的时候。刘树兴冲冲地告诉方妈,刘垒一个月以后回来探亲,并在家里住一个半月,把以前的探亲假一起补休完。这不,方妈听到这消息,足足忙了大半个月。

方妈买了一大包豆糖糕,从平常走惯了的丽群路回来,在丽群广场看见一个看相的。这人能从上一代人相貌看出下一代人的命运来,摊子边的人说他算一个准一个,那真叫绝!方妈便让那人算算刘垒。那个操外地口音的相面先生收了方妈的钱后,问了刘垒的生辰八字,同时看了看方妈的面相后,他的眉头就皱起来了。

方妈吓了一大跳,忙问:“这孩子有事呀?”

“不是,”相面先生说:“这孩子倒是大福之人,有出息呀!从军能当师长以上的官,从政一定是个跟市长一样大的官。”

“那你怎么那么难开口?”方妈不解地问。

“可是,这孩子是太白星的前世化身,福气太大!离开你以后,你只要一见到他哪怕是他的照片,他就有血光之灾、杀身之祸呀!"

方妈的心一下子掉进了冰窟窿里,眼泪顿时就涌了出来。

相面先生见此情景说:"大妈,你也别太伤心! 也不是一点希望没有。"

方妈像捞到一根救命稻草,忙问:"有解吗? 花多少钱都行!"

"大妈,我不是骗钱的,跟你说实话,这没有解! 但34年后,你就可以看他了。这都是命中注定的。"

方妈此时的心情稍好了些,但眼泪却止不住地往外流,而且流了一晚上。第二天早上,方妈就让刘树无论是发电报还是写信,都告诉刘垒不要回来。一连好几天,方妈都在暗地里流泪。

从此以后,方妈只能从刘垒偶尔写回来的信中"看看"他。刘树一说让刘垒回来探亲,方妈准会制止说:"不用不用,千万别回来。"

其实,刘垒在参军的第二年为救战友牺牲了。可是,刘树当时怎么都不敢将此不幸告诉守寡几十年把他们兄弟俩拉扯大、而且有心脏病的方妈,想等方妈身体好些了再告诉她。于是,就有了在西藏、去维和这些"说法"。前些日子,眼看就瞒不下去了,刘树才请几个外地朋友来帮忙,装成相面先生成就了"方妈相面"那一幕。果然,方妈不叫刘垒回来了。

过了许久,方妈红着眼眶问刘树:"树子,你说垒子想我吗?"

"当然想呀,哪有儿子不想妈的! 垒子肯定是很想您的。"刘树不知道方妈为什么这么问,为了编得更像一些,他还带了一句:"垒子好几次都说要回来看您,我按您说的没让他回来。"

一连好几天,方妈都在流泪,刘树知道她这是在想刘垒。

这天早上，刘树发现方妈穿戴得整整齐齐地躺在床上，已经去世了。床边有一个空药瓶和一张纸条。

纸条上是方妈的字：这样，我看不见垒子，他就能回来看我了。他不知道有多想看到妈妈了。别告诉他，妈是怎么走的。

不愿出嫁

丽艳都 40 岁的人了，却迟迟不肯出嫁。

不是长得丑，也不是因为只是一个乡村小学的教师，更不是没人追。她那清秀的模样也不知迷倒过多少人，特别是她年轻时，那做媒的、追她的人那是成排成连的，有军人、机关职员、乡干部、当然也有不少的教师，有个还是县政府的副主任，有个比她小十一岁的小伙子还愿意到她家做上门女婿。

"我已经说过我不嫁的嘛！"上门求亲的许多人都挨过她的冷语，追她的人不知有多少受过她的白眼，又有好多人被她用扫帚赶出门。父母劝她不听，兄弟姐妹说也没用，亲朋好友劝急了，她蹦出一句话来："要嫁你去嫁！"呛得人家眼球直发白。

学校领导劝她也敢顶。她在学校的教学水平是最高的，她教的班几次参加乡里竞赛都是得了奖的，所以学校领导很器重她。为了她的个人问题，学校领导除了把本校最好的年轻男教师介绍给她，还保证只要结婚就破例分一套住房给她。她说宁愿到学校猪场养猪也不出嫁。学校领导拿她没办法，这不出嫁没犯什么法，也不违反哪条纪律，学校领导也不能把她怎么样，劝过她几回后也就没再劝了。

不肯出嫁让她的名声传出了很远。随着来做媒、求亲的人渐渐地减少，对她不肯出嫁的猜测越来越多了。有的说她不肯出嫁的原因可能是感情上受过伤害，有的说她在等一个旧情人，也有人说她是"石女"，还有更玄的——说她可能长着小尾巴不敢让人知道。真是说什么的都有。

为了让她出嫁，家里人、学校的人、亲朋好友不知想了多少办法，父母骂过、哭过，弟弟、姐姐、妹妹求过，好友们劝过。妹妹用一些近乎淫秽的语言挑逗过她，姐姐弄来几碟黄色光盘故意在她眼前放，都不见效果。都说哪个少女不怀春，即使是受过什么伤害，感情冷淡，但也不至于连女人基本的需要都没有呀。

许久，大家连劝的心都没有了。谁也不管她，甚至连好奇心都没有了。

时间一天天、一年年地过，丽艳到四十岁了。

这年的中秋节，兄弟姐妹们都回来到了村里，大家到墓地看了看父母。晚饭后，大家坐在自家的院子里聊天。

"是不是，在初中时爸妈不让你与那个男同学来往伤了你的心？"

"是不是因为爸妈为了让弟弟读书，没让你读高中，影响了你的前途。你记恨这事？"

"你不结婚，爸爸妈妈的在天之灵都不安宁！"

……姐姐、弟弟和妹妹又说起这事。

丽艳听着，却什么话都没说。

半夜，与她同睡一张床的妹妹发现丽艳不见了。院子内没有，谷坪、屋后的小桃树林里、井边的石凳上……这些她平时喜欢去的地方都没有。大家想不出她去了哪里。

会不会在那里？姐姐想起了一个地方。

在他们父母的合葬墓前，跪着一个人，抽泣着："爸爸、妈妈，你们原谅我吧！我不是不愿嫁，是不敢出嫁。因为我上初中时偷偷地算过命，我命克！克娘家人！……"

躲在一边的姐姐、弟弟和妹妹都惊讶了。下面的话让他们更是惊呆了！

"……我一结婚就有了婆家和娘家之分，你们二老、姐姐、弟弟和妹妹就成了我的娘家人呀！"

愧

他今天竟鬼使神差地答应了文琪的约会。

傍晚，他骗妻子说今天要加班，晚上在厂里住。妻子相信他，因为他在厂里的事多，经常加班，而且厂子也很远——在离家近二十里路的市郊。结婚八年来，他第一次骗了妻子。

在文琪的单身宿舍里，文琪偎在他怀里诉说着自己的爱意。文琪是厂里技术科的技术员，这位漂亮的姑娘拒绝了许多求爱的小伙子，却发疯似的爱着他，也明知他有妻儿，还不时地往生产科给他打电话、写小纸条，甚至好几次约他到她的宿舍会面。他今天能赴约，文琪真是喜出望外，他刚进门她就扑进了他怀里。

他一边听她说一边轻轻抚摸着文琪那娇小而又诱人的身体。慢慢地，文琪开始亲吻他，他不是柳下惠，两个人很快便拥抱着亲吻起来。文琪颤抖地紧紧地抱着他，这位怀春的姑娘不能自持了,她用那细柔的手为他脱衣服。他顺从地让她脱着。突然,他感到文琪的动作跟五年前他住院时妻子为他脱衣服很相像。他似乎清醒了许多,在很短的时间内将他们夫妻的甜蜜往事像放电影一样放了一遍,一股内疚感涌上心头,他感到有愧于妻子。

他轻轻地按住文琪为他脱衣服的手,转过身穿上外衣,轻声地对文琪说:"不能这样,我太荒唐了,你是个好姑娘,我不能害你。"说完便往外走。身后立即传来文琪的哭声,他一咬牙走出了文琪的房间。

夜风拂来,他更加清醒了。他决定回家,不在厂里住。已是深夜十一点多钟,末班车也早过了,他便骑着自行车往回走。路上,他回想起刚才,更觉得惭愧,自己竟欺骗妻子,做出这种事来。虽然没滑向深渊,他仍觉得自己是在背叛妻子。他想回家后向妻子忏悔,求得她的原谅,也求得自己心灵上的安宁。但一转念:这事不能告诉妻子,万一走漏风声岂不是害了文琪,人家还是个姑娘呀!因此,他拿定主意,为了文琪的名誉,将此事瞒下来。对妻子,他要给她更多的爱来弥补自己过失。

他已到了宿舍楼下。他抬头看看四楼,窗户黑黝黝的。妻子一定睡熟了。他边上楼边想着要好好与妻子温存温存、好好爱抚她。

当他掏出钥匙打开房门、拉亮卧室的灯时,不由地惊呆了:床上除他妻子外,还有一个全身赤裸的陌生男人。

夫妻床话

彩凤终于把榕柱盼回了家！他这一趟出去好几天了,彩凤挺担心的。

彩凤并不是担心榕柱在外面找情妇有外遇,在这个方面她特放心榕柱,她最得意自己当初没看走眼、没选错人,这几年已证实了这点。榕柱虽然是那么大的一个炼锰厂的老板,除偶尔出差在外都是在家里过夜的,对彩凤也恩爱有加,从没听谁说过他外面有出轨之事,村里、厂里的人也都说榕柱本分老实,那档事与他沾不上边,榕柱这方面就是让外地老板都很敬佩。一想到这,彩凤就庆幸自己当初没听爹的话去跟那孙志。彩凤这几天是担心榕柱在外边着凉生病,因为她前几天看电视的天气预报,榕柱去的那个地方有寒流。

都说"小别胜新婚"！吃过晚饭洗过澡后,彩凤和榕柱高高兴兴地在床上说这谈那的,一会儿说一会儿笑,小两口的话像说不完似的。榕柱高兴地告诉彩凤,他这次出去签订合同有一个意外的收获,他通过县城的一个同学认识了一个会计,这人有办法使厂里一年可以少交许多税款。榕柱还说过一段时间他就把这人请到厂里来帮忙。

"孙志被县里来的人抓走了！"彩凤告诉榕柱。

"抓得好！"榕柱心里高兴,嘴里不由地说了出来。榕柱和孙志是同村人,在初中又是一个班的同学。孙志鬼精鬼精的,又逞强好胜,常惹是生非。后来仗着他爸是村干部又打起彩凤的主意。那时榕柱与彩凤的感情也在萌芽阶段,榕柱与孙志就成了"情敌"。在这场竞争中榕柱胜了,娶了彩凤,孙志与榕柱从此成了死对头。后来,孙志很不服气,他凭着父亲的关系承包了乡里的炼锰厂赚了一些钱。自从榕柱自办了这炼锰厂,他俩又成了同行的冤家,孙志更是把上次的失败发泄在这个方面,他利用父亲的关系少交了一些管理费,然后就压低产品价格想挤垮榕柱。听说他最近还请来一个人帮他做假账偷税,这样他还可以以更低的价格挤榕柱。

"为什么事被抓的?准是为女人!"榕柱没注意彩凤的脸色,还挺得意地问。孙志自从发财后就开始在女人身上花心思了,他耀武扬威似的不时带个打扮得很妖艳的女人回村来,有时故意到榕柱和彩凤面前示威似的走走。听说他在外面有好多女人。榕柱早就预言过他早晚要为女人而出事的。

"不是的,是为了税,听说是偷了税,少交了好多税。"彩凤的声音有些沉。

榕柱这才发现彩凤的脸色不对了,不高兴似的。"那小子被抓你难过什么?"榕柱像是有些"酸"地说。

"是你让我难过!"彩凤推开榕柱拥着她的手。

"我让你难过?"榕柱有些摸不着头脑了。

"请那人到厂里来,你想让我守活寡呀!"彩凤说。

这话让榕柱纳闷了好一阵子,后来他明白了彩凤的意思。"行啦,听你的!我不请那人还不行嘛!哪个让我是'怕老婆协会'的会长!"榕柱跟彩凤打趣。

"说话算数?"彩凤问。

"当然算数!我敢在你面前撒谎,我不怕你'停'我'老公'这个'职'，让我'停职反省'吗？我敢骗你，我不怕你把我'炒鱿鱼'吗？"

"扑哧"一声，彩凤脸上露出了撒娇的笑容。

引 诱

自从庞艳的丈夫来到省城学习以后，张建这是第三次到她家。与前两次一样，这次也是庞艳一个人在家。不知是她有意安排还是无意形成的，前两次庞艳的儿子春春都没在家。

张建这次拿定主意要把事情完成。他知道，离开丈夫三十天后的女人就会渴望得到男人的爱抚。他与庞艳是一个科室的，又在一个办公室，他知道她丈夫什么时候去的省城，在她丈夫离家的第二十三天的时候张建去她家时就这么想的。他开了一些带"荤"的玩笑也没见庞艳有什么不快。他一次借故起来拿了一本书后就故意在她旁边坐下，她也没躲开。平时在办公室开个玩笑也不能说明什么，可在她家里，尤其是她丈夫不在家，家里只有他们两人时那就不一样了。当时，他真想一把搂住她，但在没有绝对把握的情况下他不敢——弄僵了在办公室就会尴尬。

"喝水吧！"她起身倒了一杯水递给他后就坐在他旁边的长沙发上。她与他在办公室也是这么坐的。

"无聊了吧？特别是晚上孩子睡了的时候。"他开始进入角色。

"没什么，我习惯了，春春爸爸以前也是经常不在家的。"

"你不需要我帮你什么忙吗？"他这话是双关语。

"已经够麻烦你了，在办公室你帮了我那么多忙。前几天，春春生病时你背着他上医院，还楼上楼下地跑着交费、取药什么的，我真不知道怎么感谢你！"庞艳说的是真话。

张建说："我俩还说什么感谢，我又不是外人！"他有意说自己不是外人。这时，他把身体有意无意地往她身边挪了挪。

她没躲开，但他俩的身体却没接触到。张建盘算着下一步该怎么做，他今天是做了充分准备的，他渴望着能与这位温柔可人的同事成为那种关系，在他心里这是一种幸福。而且他相信只要努力今天就一定会成功。现在婚外情已不是什么不光彩的事，甚至还成了一种时髦。就是他们单位中好些人就有情人，不少就是同事兼情人的。他不相信庞艳就不动心，况且这次她老公要出去半年多，更重要的是他与庞艳在单位里的关系就很好，稍一发展就可以成为那种关系。

可是，两个钟头过去了，虽然他也看出来庞艳并没有希望他马上走的意思，但也看不出她有往那方面发展的迹象。他几次想通过抓住她递东西给他的手或把手搭在她的肩上来试探她，可他不知为什么就是抓不住她的手，攀不着她的肩，他也看不出她是有意躲开的——他接杯子刚想抓住她的手时，杯子已完全塞到他手中，使他腾不出手握住她的手；他刚要把手伸过去搭上她的肩时，她移过身去从茶几上拿过一本小说告诉他，这几天她都在看这篇小说。这样他的搭肩计划就失败了。

张建决定使出"撒手锏"，他对她说带了几个比较好看的光碟一起欣赏。这是张建精心准备的几个比较"露"，或者说比较"黄"的三级片。他知道只要是生理正常的女人就不会不动心，尤其是老公好久没在身边的女人。

"我们家的 DVD 坏了好一阵子,我也没修它!"她也没说不看,只是有些遗憾地说。

张建一计不成又施一计,他看到她家书房中的电脑,便说:"我介绍几个好网站给你。"他想用这台电脑上网打开色情网站,用网站上的图片来"刺激"庞艳。

"说到上网你还真来对了! 不知为什么这一段时间我家这台电脑老上不了网,可能是网络出了问题!"她跟他一个办公室,知道他对电脑还不精通,对电脑维修更是不懂。

时间已不早,张建用眼睛瞟了瞟墙上的挂钟,可他仍没有要走的意思,庞艳也没有逐客迹象。她说:"你坐着,我去煮一点东西给你吃!"说着就进了厨房。张建说要给他打下手,她说不用,让他好好地坐着。

张建坐着无聊,便拿起那本小说。这是一本讲婚外情的小说,张建很有兴趣地看起来。看着看着就迷进去了,被小说中的情节牢牢地吸引着。小说中婚外情的主人翁方鸣正与一个同事搞婚外情的同时,他的妻子也正在与一个男人在床上偷情,而这个男人偏偏就是方鸣的情人的老公;在方鸣的眼里他妻子根本就不可能有机会认识他的情人的老公。这本小说揭示了婚外情本质,而且那结果是非常恐怖。张建看着看着头上冒了汗。他此时已没有心思再坐下去,他看着厨房的锅里正冒着蒸气,也忙向庞艳告别要回家。

"别忙,吃了东西再走吧!"庞艳在挽留。

"不啦,不啦,太晚了!"张建急急忙忙地往外走。

"有时候来呀!"看着张建匆匆而去的背影,庞艳一边说一边忙去关了灶上的火。

其实,她那锅里只有白开水,没什么味道的白开水。

勾 引

朱森与张莉走到这一步，完全是因为四十岁男人那颗不安分的心，或者说是朱森那喜新厌旧的心理在作怪。

朱森有一个温暖的家，有一个温柔可人的妻子，一个活泼可爱的儿子，让别人羡慕得不得了，尤其是他妻子刘莹那还是她们单位的一枝花。可是，他就是对她提不起劲，有时好几个月都不亲热，就是他有时勉强应付一次，刘莹就满意得不得了，直夸他"厉害""真棒"。可他就是对妻子不感兴趣，而对其他女性却想入非非的，在婚外情、婚外性已不是新鲜事的今天，朱森一直渴望着有这种机会。

还真让他遇上了！半个月前的一个双休日，朱森在正阳街散步，一个三十刚出头，身穿米黄色风衣的少妇急匆匆地过来，向他打听办职称英语补习班的培训学校的位置。朱森非常有耐心地给她指路，可是怎么说那女子就是弄不清路，她试探性地问朱森能不能带她去，还说可以给他钱。这朱森正好没事，散步往哪走都是散步，关键是这女子容貌长得非常姣好，五官正、身材好、皮肤嫩，朱森自然乐意为她带路。他俩就这样认识了。他从她口中得知她已离异，儿子给了前夫，因此他俩也就在一起吃了几次饭之后自然而然地走到了这一步。

这不，今天就在这"鸿运"大酒店开了房。都是结过婚的人，进了酒店的房间都知道下一步做什么，说话也就随便起来，没有了先前那种矜持。张莉很大方，很自然地聊着男人那儿太小，满足不了女人，女人会看不起的。朱森刚进门时兴致非常的高，被张莉那一番话弄得兴趣减少了许多，因为他正是张莉所说的那种情况。朱森洗澡出来后，张莉就主动起来，当她看到了朱森身体的全部时，面带难色地停了下来，然后大笑起来。弄得朱森莫明其妙的，他不解地看着张莉。张莉还不住地看着他那里大笑着，朱森有些紧张了。张莉看出了他脸上的疑问，便告诉朱森说他的关键部位太小，不仅不能让她满足，可能也没几个女人会满意。

张莉这一通话更让朱森兴趣索然，没有了男人的生理反应。张莉见此情景便建议他去男性科去治治。这一下，朱森的兴趣全没了，可是张莉却不识趣地说"需要"，让朱森狼狈不堪。他俩的第一次就以失败告终的。

朱森不甘心，他想会不会是第一次太紧张。一个星期后，他们又到了酒店，张莉还是那样的随便，进门就开玩笑说："不会遇到神医了吧！几天就长大了？"朱森刚才还担心失败，这下子被她这话弄得更紧张起来。当她看到朱森的身子后脸上的笑容就立即变成失望，她无奈地、深深地叹了一口气。这一切当然没逃过朱森的眼睛。这让还没进门就因上次失败而紧张的朱森，不仅更紧张而且更自卑了，男人的雄风也就没有了。

张莉更失望地叹了一口气，穿上衣服说："朱哥，你治好了我们再见面吧！"张莉一出门，把朱森的自信彻底地带走了，也把他带入了迷茫：自己真的没用了？

一天后，他老婆刘莹又如以前一样主动，他还如以前一样应付着她。然而，刘莹却特满意地真夸朱森"好厉害、好棒！"

就在刘莹这"好棒""好厉害"和"你让我晕眩"的赞美声中朱森找回了自信。

从此,刘莹也成了朱森经常体现男人雄风、征服力和找回他男人自信的目标。为什么跟其他女人就失败,而跟刘莹在一起就特别成功、特有征服的成就感? 他也困惑过。他想:这大概是什么锅配什么盖、什么钥匙开什么锁的缘故。

其实,张莉不叫张莉,也不是离异少妇,而是刘莹专门请来打消朱森"打野食"念头的暗娼。

变 故

"你用脚都能想出来! 这事能这么办吗?"

"什么都问我,你的脑袋是干什么的?"

……

这就是吴江芳跟谢凌讲的话。

这话如果出自别人的口也没什么大惊小怪的,毕竟是大千世界,应该是无奇不有。但从吴江芳嘴里出来,她丈夫谢凌想不到,别人可能更惊讶。

短短的几天,吴江芳变了个人似的,对谢凌不冷不热的,讲话不顾及谢凌的感受,买什么也只顾自己的感觉,什么事都不跟谢凌商量,就是晚上也是各盖一床被子,跟前几天几乎是天壤之别,而且特别突然,没有预兆,也没有"循序渐进"。

吴江芳的突变,谢凌是始料不及的,他想不通,也找不出原因,甚至还不相信,怀疑是自己的幻觉。别说是谢凌,就是整个小区恐怕都没人相信。要知道,这谢凌与吴江芳是这个小区里,甚至是这个社区的夫妻恩爱的榜样。说他俩好到什么程度，可以说是没有人不眼热的地步。这么说吧，他们结婚20年，之前他俩让好多年轻夫妇眼热，让相当多的老年夫妻脸红。

夫妻两个人都是知识分子，谢凌是高级工程师，吴江芳是文化馆的高级馆员，一个是搞艺术的，一个是搞工程的，两人硬是把那些"没有共同语言"的借口打得粉碎。两个人是初中的同学，在初中时就彼此有一种朦胧的感觉，只是在那个时代两个人都没敢向对方表白，大学毕业后两个人都回去了市里，一次偶然的机会两个人再次见面时都觉得不能再错过了，于是就交往、恋爱、结婚，好像就是顺理成章、水到渠成一样，尤其是结婚后两个人更感到了他们的前世情缘。两个人的性格、修养、学识让他们的感情融洽得不得了，在这些家里家外的事上，他们的意见都是高度一致的，就是不一致时，也都懂得谦让，都尽可能地接近对方意见，这谦让使双方都能接受，不做作，不让对方感到自己为对方做出了很大的牺牲，也不让对方为自己做出的牺牲太大。吴江芳买的东西多是谢凌满意的，起码是不反感的。谢凌办的事，吴江芳都觉得办得好。吴江芳父母早亡，谢凌却想到买了一个大墓将她父母合葬在一起。谢凌的父亲有关节炎，吴江芳就通过同学找到同学的舅舅，再通过同学的舅舅找到同学舅舅的导师要到了一个偏方把谢凌父亲那老关节炎根治了。高挑白皙的吴江芳与身材高大、脸挂一副近视眼镜的谢凌一同在小区里散步和他俩散步聊天时发出的笑声已成小区里的一处"风景"。可以说他俩结婚20多年连吵架都没有，更别说动手。

吴江芳现在突然变成这个样子，谢凌不知道为什么，当然也想知道为什么！他知道绝不是更年期的原因，因为她才45岁，更不是心理健康问题，吴江芳在文化馆是搞音乐的，一天都是乐呵呵的,她跟大家的关系都很好,工作更是没有压力,她的心理素质也很好,以前她的职称硬被一个领导的"干女儿"顶掉了她都一笑而过。是不是身体的问题,谢凌看了吴江芳半个月前单位组织体检的检查报告没什么问题。然而,谢凌跟踪了吴江芳一个星期,没有发现她有半点出轨的迹象,这一"结果"也使他陷入更大的困惑中。他实在是想不出能解释妻子变化的理由。因此,谢凌就认为吴江芳是无缘无故地发脾气,是没事找事地吵架,他就对她也就没好脸色了。

可是,就是谢凌跟吴江芳进行"冷战"的第三天,吴江芳如以前一样,又温柔又体贴,什么都想着谢凌,处处都让着谢凌,仿佛又变回来了。这又一次把谢凌带进了困惑中。他甚至怀疑前几天他看到的那个人是吴江芳替身。

看着谢凌一脸的疑惑,吴江芳告诉他,那几天自己是故意那样的。可谢凌猜不出她为什么要故意这么做。

吴江芳在床上撒娇地对谢凌说:"只是想知道夫妻间闹别扭的滋味,要不咱俩一辈子都会不知道夫妻闹别扭的感受。"

谢凌忍不住地笑了:"你就为了感受一下这个呀!"接着,就是"经过霜的柿子更甜"的事了。

离 婚

文丽和石飞结婚已三年,还有一个男孩叫晶晶。小两口平时很少吵架,除上班各在一个单位外,其余时间好像是身影不离的,晚饭后他俩带着孩子散步、打羽毛球。星期天一家人也上公园，去游乐场玩……在外人眼里，他俩是一对恩爱夫妻，他们的家庭也一定是相当和睦的。石飞的单位已提名他们为五好家庭。

可是，文丽和石飞在一起总感到有些别扭，很多地方都谈不到一起去，特别是近一年来这种感觉更强烈，彼此都觉得对方越来越不满意，彼此都认为不能再这样凑合下去了。于是，两个人决定离婚，并商定孩子由文丽抚养，石飞每月付给抚养费。又商定离婚那天办几桌酒宴，宴请双方的亲友，以示好合好散。两个人还商定以后每年的这一天，文丽带着晶晶在预定的地点与石飞聚会一次……包括财产在内的一切事都协商好了。

这天，两个人带着儿子来到区民政办公室办离婚手续。民政办公室主任老刘还以为他俩是来开玩笑的，便逗着说："你俩吃饱饭没事干便来玩离婚，是吧？玩得还真离奇，哈哈……"

文丽和石飞一再说明是真来办离婚手续的，刘主任开始仍不相信，当他透过文丽和石飞那认真的表情相信这是真的时，他已惊讶得好半天才说出话来。

"小两口好好的，不打不闹的，又没有那第三者插足，吵几句就离婚，也太轻率了吧？你们都是受过高等教育呀……"刘主任便调解。

文丽和石飞再三说明两个人感情不和，不想再凑合下去。刘主任打断说："什么感情不和？不打不吵的咋不合？你们要为孩子想想嘛，看在孩子的分上也不该提离婚这事呀！你们呀，也太随便了，哪能想离婚就离婚的！你们双方的单位同意了吗？"

无论两个人怎么说都不行。就这样，这次去办离婚手续没办成。此后，他俩又几次去办离婚手续，也都没办成！——刘主任调解，王副主任调解，刘主任又调解……民政办公室的五位正副主任没完没了地轮番"调解"之后，这天，他们双方单位的领导也出面来调解了，因为这涉及文丽那个局的精神文明旗帜和石飞他们公司的政治思想考核成绩。弄得文丽和石飞的头都大了。

"你看，咱俩都成小孩子了！"文丽与石飞相视苦笑着。唉，办离婚手续有打结婚证那么顺利该多好啊！他俩商定好了的绝不上法院办离婚！他俩思索着离婚的办法，想了好久也没想出什么好点的办法来。最后，他俩决定象征性地打一架。

可三年来，他俩从没打过架，真还有点不知怎么打。文丽让石飞打她的脸，用棍子打她身上，可他怎么也下不了手。最后，只好闭上眼睛用鞭子在她手臂上打出几道红印子。石飞让她在他脸上抓，她不忍心，只是流着泪在他脖子上抓了几下，抓破几处，渗出了一点点血。

当他俩带着"战迹"再次来到民政办公室，刘主任见几次调解不但无效，双方矛盾反而越来越激化，心想，再调下去兴许还会弄出什么人命案子来。他只好叹着气、摇着头无不遗憾地开具了离婚证。

他们拿着离婚证走出区政府大门，看着石飞脖子上伤，文丽再也忍不住了，她哽咽地说了声"对不起"后说不下去了，石飞也流了泪："没想到，我在这时候却打了你。"

两个人一起向迎宾酒楼走去，去订离婚酒宴！

托　梦

　　永秀总觉得丈夫刘奉明这几天有些不对劲,整天神不守舍的,有时还重重地叹一口气,地里的事情不想做,就是夜晚在床上也没有以前那种饿狼劲。

　　永秀不好问,她知道就是问了刘奉明也不会跟她说的,问急了弄不好还可能会被他揍一顿。在家里永秀从来就没有说话的时候。从刘奉明上星期天晚上回来时她就隐隐约约地感觉到他干了什么不好的事。莫非那事跟他有关?永秀想到了上星期天晚上在村子后山的松树林里发生的那件事。

　　那天夜里刘奉明很晚才回来的,好像是十二点钟过后了。

　　"奉明,昨天晚上我做了一个梦。你说我梦到谁了?"永秀有事没事地说着。

　　"谁?"

　　"我梦到你妈了!"永秀说,"妈妈跟我说了好多好多的话。"

　　刘奉明一听梦到他妈,精神一下子集中起来:"我妈说了什么?"

　　别看刘奉明在村里很"混",但对他妈却是特别孝顺。他父亲死得早,是他妈守寡把他拉扯大的。刘奉明清楚地记得,那时家里非常的苦,有一次他吵着要吃白糖,她妈为了一斤白糖,晚上穿着内衣短裤到塘里去摸螺蛳,第二天又提到镇上去卖。妈死的时候刘奉明哭得特伤心,连村里的好些老人都掉了许多眼泪。

"妈妈在阴间被两个小冤鬼绑在柱子上用皮鞭抽着,妈妈告诉我那两个小冤鬼还说要用火来烧她……"

看着刘奉明的脸色气得开始涨红了,永秀又说:"妈妈一边哭着一边说那两个小冤鬼还要把她用锯子锯成两半,就像电影《祝福》里祥林嫂拿的那幅画一样。"永秀知道刘奉明看过这部电影。

"他们为什么要这样做!"刘奉明额头上的筋都胀起来了。

"妈妈说,是你最近干了缺德事,所以阎王把账算到了她身上。"

永秀见刘奉明又气愤又不知所措时,又说:"妈妈说,你只要尽快在世上把你的罪赎了,阎王就会放了她。"

刘奉明低下了头。"你想想看,你最近干了什么缺德事?妈妈说事还不小,不然阎王不会那么凶。"

刘奉明大口大口地抽着烟,过了好一阵子都没说一句话。

"后山那事有你一份?"永秀是指几天前发生在村子后山树林里那件事。

上个星期天晚上,村里的长舌婆周秀姣在后山被人脱得一丝不挂地绑在一棵松树上强奸了。周秀姣光着身子被绑在山上连冻带吓地待了一夜,第二天被上山砍柴的人发现时已奄奄一息,此后就神志不清,整天疯疯癫癫的了。

刘奉明这些天都在为那事而胆战心惊的,听说派出所正在查这事。

其实刘奉明那天也没对周秀姣怎么,周秀姣在村里散布说村里刘东明的老婆与别人有奸情,还说刘方明的外甥与他老婆乱伦。刘东明和刘方明是刘奉明最要好的朋友,他俩叫刘奉明帮忙教训教训周秀姣,让她出出丑。刘奉明自然要帮这个忙。他想了个法子让周秀姣到那后山的树林后他就躲一边去了,后面的事是刘东明和刘方明谁干的他不知道,反正不是他。

刘奉明一言不发,只是抽烟,没有平时那股凶劲。

永秀见此情景又说:"妈妈被折磨成那样可能与这事有关!如果那事有你的一份,你就自己去交代,去自首!"

"我没强奸她……"刘奉明把那事给永秀说了。

"可你参与了,你能说这事与你无关?"她一边看着刘奉明的脸色一边说,"小鬼过几天就要锯妈妈,你就不想去赎罪?"

刘奉明一支接一支地抽烟。他把烟头往地上一拧,看了母亲的像一眼,转身就走了。

据说,他是请刘东明和刘方明到饭店里吃了一餐后才去派出所的。

看电视

江大妈这半年多来性情大变,着魔似的一天到晚盯着电视看,就差没把电视机抱在怀里了。

虽然她儿子是去年刚上任的副县长,但江大妈却是小时候小学一个学期都没上完,退休前也是一个大字不识几个的普通工人。她以前不爱看书,不爱听广播,不爱看电视,退休后更不爱了,就喜欢与一帮老太太去跳舞、打麻将。江大妈就这么平平淡淡、普普通通地生活着。

可从半年前开始,江大妈不知怎么的迷上看电视,而且越来越着迷——每天除了做饭吃饭、洗澡洗衣服外就是看电视。不去跳舞、不去打麻将，甚至连菜都不去买了。老姐妹们来叫她出去玩，叫多了她还跟人家急呢。而且，许多人都发现江大妈一天到晚只看一个频道，也就是只看一个台的节目，从不换台。有人开玩笑说江大妈以前没看电视，这是要把"以前的损失夺回来"。更多的人说这江大妈是老年痴呆了，说江大妈有第二个更年期，说江大妈可能是吃了什么药诱发了她内分泌变化造成了性格变异。

然而，只有老伴王大伯知道，江大妈为什么着迷地看电视，而且每天都盯着县电视台的节目看。因为，她想从有线电视台上的新闻中看到儿子。

他们那独生儿子去年当上副县长后经常不回家。

第四辑

阳光灿烂

传　递

　　情况非常紧急,叛徒供出了一号联络地点,日本特务野合森将于下午带特务到那里埋伏,要抓前去见面的地下党负责人。

　　柳东絮得到这消息后非常着急,她赶到联络点要将这情况报告上级,可惜联络点老王那杂货店关了门,并挂起了"盘点"的牌子,按规定见了这盘点的牌子是绝对不能联系的。柳东絮的身份特别,她的主要任务是潜伏,非特别重要的任务一般不出面,有特别任务也是上级派人来联系她,并临时告知联系地点与方式的。老王这个联系点是除非有异常紧急的情况她才能使用的,可又"盘点"关门了。

　　时间一秒一秒地过去了,如果不把这个紧急情况报告上级,这个城市的地下组织损失就大了。更重要的是,万一见面的两个人中有一个叛变的话,还会危及由地下组织护送去参加中央会议的那位中央领导。柳东絮想过种种办法,她甚至还想过舍身去见面地点鸣枪报警的办法,可是她却不知道一号联络地点在哪里,甚至在哪个方位都不知道。

　　正当柳东絮束手无策时,她看到皇协军马团长的太太张芳与朱翻译官的太太一起往警备团邓团长家里去。柳东絮知道她俩一定是去跟邓团长的太太打麻将的。她便立即也往邓团长家去。

　　其实,柳东絮这么做是冒着很大风险的,这也严重违反地下工作纪律的。有一次,柳东絮到老王那杂货店的里间跟他谈事,说话间有人找老王。老王出去了,警觉的柳东絮当时透过门缝看到老王悄悄地将一张纸条塞进了张芳的手里。那时,柳东絮就意识到了张芳是自己人,但她在这个地方的组织中担任什么职务却不知道。根据地下组织的纪律,柳东絮是不能与张芳联系,也不能让张芳知道自己也是地下工作者,她更不能打听张芳的事。现在,柳东絮决定去邓团长家跟她们打麻将,想办法把情报告诉张芳。柳东絮这有可能暴露身份,因为她不知道张芳是否叛变了,老王的杂货店"盘点"是不是与她有关。柳东絮还考虑了即使张芳没叛变,但她相不相信自己,敢不敢接收她的情报? 这一切都是未知数,但情况十分危急,柳东絮又实在想不到别的办法。

柳东絮进了邓团长家,邓太太高兴得不得了,柳东絮以前租住的房子就在邓团长老楼房的旁边,她们做了三年的邻居,关系很好,柳东絮与邓太太经常走动,柳东絮还不时到邓团长家来陪邓太太打麻将。柳东絮说办完事路过这里进来看看。邓太太非常高兴地邀柳东絮打麻将,她们正好"三缺一"。柳东絮就很"随意"地在张芳旁边坐下了。

打麻将中,柳东絮在等别人出牌时,"不经意"地用手指轻轻地敲着麻将桌。然而,柳东絮这"不经意"敲出来的却是地下党用的一级密码,她这是试探。柳东絮不知道张芳是否懂密码,更不知道她懂不懂这套密级很高的密码。柳东絮敲出的是"联系""快联系"的密码。

可是,没见张芳回应,她只是低头打着麻将。两局了,柳东絮还不见张芳的反应。张芳莫非不是地下组织的人,那天老王交给她的纸条是私事? 难道张芳不懂密码? 张芳是不是不相信她或者严守地下工作纪律? 柳东絮担心了! 因为这几乎是她向上级报告、阻止那个见面的唯一渠道了。

"快出牌！快出牌！"张芳不耐烦地用麻将敲打着桌子,急促地催着她上一家的朱太太。从那语调上来看,张芳与邓太太、朱太太很熟,说话很随便。

柳东絮突然一惊,张芳在催促中那麻将敲出来是一级密码"知道"。柳东絮喜出望外,但她掩饰着内心的高兴与激动。

这时,邓太太马上"批"起张芳来了:"敲什么？急什么？打麻将不允许敲桌子的,你不知道呀？小柳刚来不知道我们的规矩,你不知道吗？从现在开始按我们的老规矩,谁敲桌子就算输,而且是一赔三！"

柳东絮知道这是她们三人之间定下了打麻将的规矩,可是这一规矩堵住了她与张芳联系的通道,也把柳东絮带入了困境。柳东絮开始在考虑用其他方式向张芳传递那紧急情报了。可是,她不可能邀张芳一起上厕所,也很难在张芳去厕所时跟过去,更不能在麻将桌上对张芳使个眼色叫她出去——因为,在邓太太和朱太太眼里,柳东絮与张芳是第一次认识,这样就露出了破绽,很容易让人怀疑。

摸到了一张好牌,柳东絮眼睛一亮:"糊了。"她把麻将一推,摊开,然后对旁边的张芳说:"马太太,我好久没打麻将,都不知道算分了,我看我这么算对吗？自摸 6 分,无字 3 分,清一色 4 分,无王 2 分,对吗？"张芳还没回答,朱太太就笑起来了:"柳小姐果然是好久没打牌了,无王应该是 4 分。"

"是吗？我怎么觉得是 2 分,我这局应该是 6、3、4、2,共 15 分！马太太你说对吗？"柳东絮笑着说。她向张芳送出了四个数字。

张芳笑着说:"柳小姐认为是多少分就是多少分吧！反正是她自己少算的,少收钱也怪不得我们呀！"

柳东絮的手气好像特别好,糊了好几盘,几乎都是张芳"点炮"的,可每次柳东絮算分都算得一塌糊涂,经常算错,别人和牌柳东絮也帮着算,不过很少有算对的,弄得大家大笑不已。

张芳很快就没钱了,说要回去拿钱扳本,邓太太与朱太太都说柳东絮是张芳的克星,她俩幸灾乐祸,因为以前张芳老赢她俩。

柳东絮当晚得到消息,日本特务下午扑了个空。地下组织的负责人根本就没在那个地方会面。认为被骗了的特务将那叛徒打得个半死。

当然,张芳几天后也回老家探亲并在半路上"病故"——去了抗日根据地。

原来,柳东絮每次算对算错的分排列起来就是密码。张芳当然也知道这几个密码联起来就是"一号联系点危险"。

就　餐

新上任的汪副市长今天要来,县政府办公室主任武方一大早就忙开了。

周县长告诉武方说汪副市长这次是来了解旱灾情况的,武方知道这事关县里能得到多少救灾款的问题。因此,这接待工作得搞好。他要亲自抓这一工作,武方在提拔为主任前就是负责接待工作的副主任。

这关键时候的接待工作"艺术"性很强。领导吃得差了,心里一不高兴那救灾款就会"缩水"一大截;菜搞得太好,新闻媒体一报道"领导在灾区大吃大喝",这可是轻则受处分,弄不好还要掉"乌纱帽"的事,岂不是害了领导又害自己!

为此,武方大展其"才华"——他秘密地安排人去买野生王八,悄悄地让人将王八肉剁进猪肉里做成肉丸。副市长在灾区就是吃几个肉丸也不会有事。这可是不能出半点差错的事,搞好了后,他还反复检查了几次才放心。

可是,上午 10 点钟的时候,汪副市长的秘书小刘打电话来说,因为从市里出来得晚,可能要到下午才能到,让县里不要安排中午就餐了。

武方知道从市里这一路过来路途没有其他的县,也就是说汪副市长中午不可能在其他县去就餐,那岂不是要饿肚子!因此,武方还是让饭店准备着,并与周县长也忐忑不安地等着。

可是到了下午两点钟,汪副市长还没到。打刘秘书的电话,刘秘书告诉说汪副市长已经到县里一些受灾的乡镇去看了灾情。问刘秘书什么时间到,他说:"到了,到了,快到了。"

一直到下午两点半,汪副市长的车子终于开进了县政府大院。周县长与武方忙迎上去,歉意地请汪副市长到饭店"垫垫肚子"。

"刘秘书不是说过不在县吃饭的吗?我们已经在路上吃过了……"汪副市长。

一听说汪副市长已在路上吃了,可吓坏了周县长与武方,在他们看来这是对自己的一种严厉批评。

又听到汪副市长接着感慨地说:"而且吃得很好,快十年没吃到这么好的味道了!"看得出来,汪副市长不仅没有怒色,还喜形于色的。不过,武方在心中的石头稍落地的同时也增加了一个疑问,本县土生土长的他自然知道从汪副市长来的这一路上根本就没有饭店,更莫讲酒楼。

看着周县长和武方那一脸的困惑,汪副市长说:"在进城的桥头那个店吃的,那桂林米粉真是名不虚传呀!"

宝　田

东阳村有一块田,这块田只要随便种上一点东西,一年的收入总在两万元以上。

这块田其实就是一块普通的水田,也是种水稻的。表面上看跟其他的水田没有两样,它"宝贝"就"宝贝"在它正好在那条公路的一个急拐弯处的旁边。

一年之中少则有十几辆多则二十几辆车子要从这翻下或开到这块田里来。车子无论是翻到还开到这田里来都会压坏庄稼,车子的油都会污染这田;车主就要向田的主人赔偿损失费,包括庄稼损失、水田被污染后的庄稼损失,还有田的油污清理费等等。少则千把块钱,油污染得严重的话那就是几千块;碰到外地车,村里人还可以帮车主把车拉上公路,收取拖车费、修车费、守车费。这一来,田的主人每年至少可得两万元以上的收入,村里还能增加拖车费、修车费、守车费、伙食费收入七八万。

从实行承包到户时到现在,这田不像其他的田二十年一个承包期,而是每户承包一年。今年已承包了第十二年。今年这田轮到张老汉家承包。

张老汉就是不久前从深圳打工回来竞选村主任的张安新的

父亲。这张安新在深圳打工发了点小财,到深圳开了一个小公司,也算是个小老板。可他不知为什么,放着深圳的公司不开,在不久前村里改选时跑回村参加村主任竞选,要过官瘾。大家认为张安新在深圳发了财,挣钱肯定有一手,就选了他。

张安新上任后,一天就往乡里、县里跑,说是争取资金。就在他家承包那块田的第三个星期,县里的公路建设施工队到了,要把那公路修直了。修直了的路正好经过这田。

这不但惹火了他老子,也惹火了村民。当村民们知道张安新争取来的就是这个项目时,就差开会罢免他了。

县里来了个副县长说支持张安新。张安新也对乡亲们说他已经把深圳的公司卖了,准备在村里办一个厂,安排乡亲们到厂里上班。后来,村里特有威望的赵五爷出来说了话,村民们才没提罢免的事。可村民们怨气还没消!

这天,村里来了个富商模样的人找到张安新,说要投资九千万元在村里建一个塑料制品厂,村里的劳动力都安排在厂里上班。天上掉下个馅饼来,村里人不知道是为什么,张安新也不知道是为什么。那富商告诉说,就为村里人想把这路修直了。

村里人就更不明白了!

那富商最后告诉大家:他十年前就在这翻过车。

真　相

　　11 路公共汽车这时候人最多,挤得满满的,车厢内几乎是人贴着人。刘丽的超短裙都有些湿湿的,挺不舒服。

　　她的四周都是男人,一刹车或转弯就有人有意无意地往她身上贴,往她身上碰,真让她烦的。站在她左边的那个穿黄衬衣的中年男子眼睛还不时地往她这边瞟瞟,刘丽怀疑他在打她什么主意。她下意识地往右边靠了靠,她右边站着一个穿白衬衣的男青年。

　　一个行人突然横过公路,公共汽车一个急刹车,车上站着的乘客几乎向前倒成了一堆。就在那一瞬间,有一只手伸进刘丽的超短裙里捏了一下。刘丽气愤极了,站稳后看看周围,"黄衬衣"站的那个位置最好捏她,毫无疑问:准是他,那贼头贼脑的样子!刘丽想着就气愤地抬起手给了"黄衬衣"一个耳光,狠狠地骂了一声:"流氓!"

　　"姑娘,你怎么能平白无故地打人骂人?""黄衬衣"一脸的莫明其妙。

　　"耍流氓还不承认,贼骨头!"刘丽仍在骂着,任"黄衬衣"怎么解释她都不相信。刘丽这么一骂,车上其他人都大概猜到了是怎么回事,都纷纷指责起"黄衬衣"来。

　　正在这时车子到了一个站,刘丽右边那个穿白衬衣的男青年从她身边挤过就要下车。"黄衬衣"上前用双臂突然一把抱住

"白衬衣",说:"抓住他,他偷了东西。"

"你才是小偷呢!贼喊捉贼。""白衬衣"边说边挣扎着,想挣出"黄衬衣"的双臂。

车上的人不相信"黄衬衣",不肯帮他。"黄衬衣"边与"白衬衣"搏斗边对刘丽说:"这位姑娘,你看看你的钱包还在不在?"

刘丽一摸,钱包不在了。"黄衬衣"说:"在他身上。"这时,"白衬衣"因心虚而挣扎得更厉害,企图逃脱。其他乘客一齐动手,抓住了"白衬衣",从他身上搜出了刘丽的钱包。

刘丽接过钱包时,看见"黄衬衣"与小偷搏斗中掉在车厢地板上的一个红本子,她忙帮他捡起,是一个残疾军人证。刘丽打开里面:二等残疾军人 张贤。

刘丽这才注意到,张贤两只手的十个指头都是不能活动的假肢。

弱　势

这个白天非常热闹的地方这时却比较安静,毕竟太早了。天刚蒙蒙亮,晨练的刘林就在这滨江大道的行人道上慢跑着。

说这里安静也不是绝对的,偶尔也是有车有人过的。刘林刚到一个路口,一辆"宝马"轿车与一辆载客三轮摩托车并行,那"三轮"突然转弯,撞在那"宝马"的车门上。虽然"宝马"的行驶速度不快,但那"三轮"还是倒下了。

"三轮"的司机也从车里爬出来了。这是一个身穿蓝布旧工作服的四十多岁的男人，与从"宝马"上下来那西装革履的中年形成了鲜明的对比。"工作服"先将"三轮"扶了起来，然后用毛巾擦去手上渗出的血丝。"三轮"那印着"下岗车队"的车门上的玻璃碎了，那崭新的"宝马"的车门上却深深地划了几道痕，特别显眼。

可就是这几道痕的修理费远超出了这三轮摩托车的价值，也就是说卖掉这"三轮"也不够付这几道痕的修理费。谁都知道，这车越高档，修理费就越高。

可能这"工作服"是被这修理费吓怕了，哪敢承认是自己撞了"宝马"。不是"三轮"撞"宝马"，那就是"宝马"撞着了"三轮"。"西装"自然不干，他说明明就是"三轮"撞的"宝马"。

围观的人越来越多，可围观的人中谁也没看到"宝马"与"三轮"谁撞谁的。不过，大家都能看出修"宝马"的钱对"西装"来说可能就是九牛之一毛，而对拉一个客人才 2 元钱的"工作服"来说就是一个大数字了。再说，从"工作服"那可怜巴巴的样子，围观的人根本就不相信"三轮"敢撞"宝马"，倒是现在经常有开"宝马"的官员与富人撞了别人还"理直气壮"这类的新闻报道。现在，社会上许多人对弱势群体的人都很同情。

"算了，人家那么可怜，撞了人家就赔人家吧！"

"你少上一次饭店就可以赔人家了！"

"你那么多钱，还跟一个下岗工人计较？"

"人家那么老实，敢撞你吗？"

"对呀，他摩托车敢撞你轿车，他找死呀！"

"撞了人家就赔，撞得起就赔得起呀！"

……

大家你一句他一句地说着"西装"。

交通处理事故的警察来了。刘林挤进围观的人群向交通警察说了自己亲眼看到的撞车过程。他是唯一的目击者,交通警察采信了他的话。

刘林这一做法在人们中炸了锅。这个本来就不大的小县城里许多人认识刘林,大家顿时向他投来一种怪怪的目光。当然,更多的是一些话特别刺耳:

"这人怎么连一点同情心都没有?"

"看不起穷人,不愿为老百姓讲话!"

"讨好有钱人想图好处!"

一个人来到刘林身边小声地说:"老兄,就真是那样你也别说呀。让那开'宝马'的出点钱,没看出来那开三轮车的属弱势群体吗?"

"如果那样的话,法律就成了弱势。你希望吗?"刘林说。

几天后,"工作服"收到了一张三千元的汇款单,汇款人的名字是假的,只有刘林知道是谁汇的。

英　雄

节日里,振东商场的人特别多。张贤今天到这里是来帮儿子买玩具的。答应儿子好几次了,今天好不容易没事,该帮儿子买玩具,不能老让儿子失望。

张贤正在那琳琅满目的玩具柜台前来回挑选着,离他七八步地方有一个穿夹克装的小青年从几个顾客中挤出来慌慌张张地往门外走。那小青年见张贤看着他,他又装出若无其事的样子往门外走去。凭他在部队当侦察兵时的经验,张贤感觉到那个小青年怕是想做什么坏事。张贤正想着,那几个顾客中的一位中年妇女惊叫起来:"哎呀,我的钱包不见了!"她摸完身上所有的口袋后就哭骂起来了:"哎呀,哪个混账东西偷了我的钱,七百元呀!"

张贤立即意识到是那个小青年掏走了她的钱包。他对那妇女说:"大姐,你别急! 我去帮你追回来,你在这等着。"张贤说着就朝门外追去。

那小青年出大门后以为没事了,便优哉游哉地往前走去。张贤追出大门没多远就看见了那小青年。那小青年突然发现后面有人追,他认出了追他的就是刚才在商场注视着他的那个人。他心慌了,赶忙往一个小巷里钻。

张贤使出过去当侦察兵的功夫,没一会儿就追上去将那小青年抓住了。"把钱包拿出来!"张贤威严地说。

那小青年见事已败露,只好将钱包从衣袋里拿出来,紧张中他将一个学生证带了出来,掉在地上。张贤从那学生证知道小青年叫赵昆,是乐群中学高中三年级的学生。

"年纪轻轻的,干吗要做小偷?"

"想买一把电吉他,家里不给钱,就……大哥,我这是第一次。"赵昆颤抖地说。

"你知道人家攒七百块钱要卖多少只鸡、多少只鸡蛋吗? 你干这种缺德事呀?"张贤很严厉。

"大哥,你行行好,别送我去派出所,别告诉我们学校,学校知道了会开除我的。"赵昆哀求地说。

张贤想了想后说:"可以,不过你要亲手把这钱包还给那位大姐。"

赵昆很害怕人家会揍他一顿。张贤看出了他的心思，说："去吧！我保证她不会为难你，不过你的脸上得带点笑容。"说着张贤用手攀着赵昆的肩一起向振东商场走去。

到那妇女跟前，张贤对她说："大姐，多亏了这位小弟，刚才是他帮你把这钱包追回来的。那小偷见这位小弟追得紧，丢下钱包就跑了。"

那妇女见钱包失而复得，十分感激地说："小兄弟，你真是好人呀！这是我攒了两年的钱呀。小兄弟，你叫什么名字？你家在哪里？我上你家去感谢你。"

赵昆这时很尴尬，他不知该怎么回答她。这时，张贤插话说："大姐，你别问了，这位小兄弟做了好事是从不留名的。"

"做了好事还当无名英雄呀！好人啊，小兄弟，人们都像你这样，这社会治安就好了。"她说着又骂上了："那些该死的小偷怎么不向你们一样做好事呢？他们做缺德事会有恶报的，是要雷劈枪打生癌症的……"那妇女是越骂越气。

张贤见赵昆的脸色很难看，便对那妇女说："大姐，钱包找回来了，你有事忙去吧。"那妇女再三地感谢赵昆后便走了。

待张贤送走那妇女回过身来让赵昆走时，赵昆的眼里已充满了泪水，他向张贤鞠了个躬就走了。

一年半以后，张贤在全市"见义勇为十佳青年"表彰会的领奖台上见到了赵昆。他胸前戴着红花，手中拿着荣誉证书和一面锦旗。

锦旗上有四个醒目的大字：反扒能手。

硬后台

"翻翻他的底牌。"刘正雄对助理说。

刘正雄猜丰麦有后台,而且很硬!"翻底牌"的意思就是让人查查丰麦的底细。他要看看这丰麦有什么样的社会关系、背景,他要弄清楚丰麦的后台硬到什么程度。

一向办事比较老到的刘正雄对这事没底了。刘正雄的雄基房地产开发公司是市里的重点企业,在省里都是挂得上号的。别人想见市长、市委书记是非常困难的,而刘正雄却能比较容易地请他们到某休闲山庄"共商发展大计",或到高尔夫球场"汇报投资计划"。他可是市里的财神呀。市里一些局长和县里一些领导想要与市领导"发展一下关系"还得靠刘正雄引路。这些年来,刘正雄在市里不说是呼风唤雨也能说是如鱼得水。市里的人都知道他的厉害,这些年来几乎没人敢与他作对。去年市里一执法单位查出雄基房地产开发公司在售房中有欺诈行为,要罚50万元。结果是刘正雄找到市领导,那个单位的"一把手"就差点因"影响投资环境"而"下课"。

刘正雄没想到丰麦这个年初才提拔上来的市稽查局的局长不仅敢来查偷税,还要罚所偷税款金额一倍的罚款。在刘正雄看来不是钱的事,是面子的事。才50万,不算多,但他的面子过不去呀。让这稽查局罚了款,他以后在市里怎么混?

刘正雄也够给丰麦面子了,他请丰麦与稽查局的人吃饭,他们都没来;他送丰麦一件价值不菲的古董,丰麦不收;他安排丰麦与妻子去欧洲旅游,也不去。刘正雄穷技之后为这补税罚款之事找市领导,可市领导说丰麦压根儿就没松口。

不知谁透的风,丰麦的"事迹"很快就成了人们的话题。在这市里敢"顶撞"刘正雄本来就是一条大新闻。人们猜测,丰麦敢这么做,他绝对有后台,而且很硬! 有人说丰麦是省委新来的副书记、省长候选人赵文健的表侄,有的人说丰麦是省里组织部罗部长的外甥。有的人说丰麦的父亲是省委马书记失去联系的老战友。还有的人说丰麦的父亲以前救过中央某位领导的命,与那领导关系铁着。还有说得更玄的,说丰麦的母亲是省委刘副书记失散多年的妹妹……

一时间传什么的都有。

有人直言不讳地问丰麦有没有后台。

丰麦挺着胸膛说:"当然,如果没有后台,我腰杆能这么硬吗?"

有人问丰麦:"你的后台级别高吗?"

丰麦满脸春风地答道:"很高!"

"市级?"

丰麦摇摇头。

"省级?"那人问。

丰麦笑着说:"比省级还要高!"

谁都知道比省级高的只有中央了。那人听了咋了咋舌:莫非他父亲真救过那中央领导的命,与那领导关系很铁!

这消息传出来后,有的人相信,有的人怀疑,有的人将信将疑。

刘正雄信,凭他这二十多年的经历和近十年来与官员们打交道的经验,他没有理由不相信。在相信的同时,知道"人有时不得不低头"道理的刘正雄亲自打电话给丰麦进行"自我检讨",说自己对财务人员教育不够,对税务工作理解支持不够,并说今后要好好学习税收法规,加强对财务人员的教育。这正是刘正雄精明与老到之处。在他看来,跟丰麦这种有硬后台的人拉上关系对自己绝对有用,他要利用这次补缴税和缴罚款的机会与丰麦套近乎拉关系。他打完电话"检讨"后很快就按市地税局稽查局的通知补缴了所偷的税款,交了罚款。

后来,有个好友问丰麦,你的后台是谁?级别那么高?

丰麦笑了,他告诉那人说,是《中华人民共和国税收征收管理法》!你说大吗?

配　方

洽谈了两天,菲特先生还没签订那投资与丽宝中药厂联营的合同,真让县长刘吉着急。

菲特先生是县里招商部门好不容易才请来的,也是到这个山区小县来的第一个外商。刘吉决定以这个项目为本县引进外资的突破口。

丽宝中药厂生产的"丽宝抗癌灵"对癌症很有疗效,在国际上一直是供不应求。丽宝中药厂想扩大生产,但苦于缺少资金,如果外商能投资就再好不过了。经过几天的考察,菲特先生表示对与丽宝中药厂合资联营很感兴趣,可是却一直不言签订合同之事。今天的洽谈会刚开始一会，刘吉便问菲特先生还有什么要求解决的问题。菲特先生说这里的投资环境很好，政府给予的优惠政策很多，最后他提出要看一看"丽宝抗癌灵"的配方。刘吉觉得这便是合资联营成功与否的关键。

这时，坐在刘吉旁边的丽宝中药厂的厂长张云通过翻译对菲特先生说："对不起，菲特先生，这配方是商业机密，也是本厂的生命，我有责任对此保密，请您理解。"张云继续说："菲特先生一定知道本厂产品的销售情况很好，效益也比较可观。这就证明本厂是有一定的技术实力的。我相信我们的合作一定会使双方满意的。"

菲特先生听张云说着，他的表情十分严肃。刘吉觉得情况不妙，便把张云拉了拉，低声地说："小张，都什么时代了，还机密机密的。现在压倒一切的是引进外资，加快县里的改革开放。能引进外资，让他看看又怎么样？"

"县长，这配方关系到丽宝中药厂的生死存亡，泄露出去后不但没人投资，还会损害本厂的利益，甚至有可能弄垮丽宝中药厂。"张云低声地说。

"小张呀，不要只看眼前利益，要从支持县里的改革开放这个角度去看问题嘛。"刘吉很不满意地说。

他俩正说着，菲特先生站起来鼓了鼓掌，用不太流利的普通话说："张先生，你们的保密工作做得很好，这就意味着在这个世界上只有贵厂能生产这种神奇的药，我的投资一定会有很大的回报的。贵厂管理人员这种敬业精神、这种经营意识，让我更看到了投资的希望。因此，我决定第一期投资加五百万美元，并希望今后我们能进一步地合作。"

在热烈的掌声中，双方代表当即在投资联营协议书上签了字。

刘吉怎么都没想到会这样。

算　卦

机械局局长刘志怎么都想不到新上任的县长朱澄有这一手，会算卦。

今天早上在县政府大院门口遇见朱澄，朱澄让刘志下午到他县长办公室去一趟，说是要帮他算卦。刘志以为朱澄是开玩笑的，没想到进了县长办公室朱澄真帮他算起卦来了。

"你是六五年参加工作的，当局长七年了，是吧？"朱澄摆出一付算卦的样子说。

"是的。"刘志想也许朱县长看过他的档案，他还有些惊喜了，新县长一上任就查看他的档案可是好兆头呀！

"你们局下属的机械公司最近想从国外进口一批收割机配件，对吗？"朱澄继续"算"着。

朱澄连这具体事情也知道，刘志想这也许是公司和局里的人向他汇报了。刘志应了一声："嗯"。

"想从澳大利亚进口，要 1500 套，是不是？"

刘志觉得有些惊奇，他竟知道得那么详细。

朱澄又"算"出一件让刘志惊讶的事来："你昨天与几个副局长研究过准备从德国进口一批压缩机，内定中标价格是 1500 美元一台，没错吧？"

刘志额头不由地冒了汗，这事是局里几个头头昨天才研究过的，那中标价格却是绝密呀，如果别人知道了还了得！惊讶之余刘志开始信服朱澄算的卦了。

"还有，你儿子昨天让你帮他买一套西装、一条金利来领带，是吗？"

怪了，连家务事他都能算出来，真行！因为刘志知道这些事是没人向朱澄汇报的。

"你老婆让你今天晚上下班早点回家，今天是你岳父的生日。"朱澄说到这里，刘志已佩服得五体投地。

"朱县长，您算得真准！一点都没错！朱县长，您真英明！"

朱澄淡淡地笑了一下，说："刘志呀，不是我英明，也不是我会算卦，而是你太糊涂呀！"

刘志不解地看着朱澄。朱澄从抽屉里拿出几个文件、一本会议纪录和一个笔记本来，指着那些东西对刘志说："都是它们告诉我的。刘志呀，你太糊涂了，脑子里少了一样什么东西啊！"

刘志这会儿更糊涂了，这些文件和会议记录都是他们局的，那个笔记本还是他本人的呢。今天早上一上班他到处找不到它，怎么到了朱澄的手中？

朱澄看出了刘志的困惑，便说出了原委。这时，刘志惊讶得合不上嘴来。

这些东西竟是从机械局的垃圾桶里拣出来的。

手　短

城南税务分局副局长王冬进与专管员小周一大清早就到炼锰厂去了。

这个厂已有三个月没交税了。催了几次，厂里又是诉苦又是写延期缴纳申请报告，软缠慢磨地一直拖着。专管员几次进厂催几次都没见到厂长刘俊和财务科长老龙。

这回，王冬进与小周硬是在厂里"逮"住了刘俊。

"哟，老同学你大清早的到我们这郊外锻炼身体来了？"刘俊与王冬进是小学同学，所以说话也很随便。

"让你逼得哪里还有时间锻炼身体？我今天是来拜见你大厂长的。有什么办法？你嫌我们的专管员职务低，不肯接见，我只好来了。"

王冬进去年底调到城南分局后才知道这家私营企业的厂长刘俊就是他以前小学的同学刘春生。

"就那税款，犯不着那么急嘛！"刘俊边说边把王冬进与小周让进了办公室。

王冬进说："还不该交呀！"

刘俊半开玩笑半认真地说："老同学，这样吧，你把那税款留在我厂里作资金周转算了，总比让你们收了去再给那些人拿去修'虹桥'好吧？"

"少胡扯！全国也不过是修了一座'虹桥'而已。"

刘俊端茶递烟："老同学，今年回村里过年的还是在城里过年的？"

他有意岔开话题。他不但与王冬进是老同学，还是一个乡的老乡呢！

"在城里过的。刚调到城南分局，要熟悉情况，事情多就没回村里了。前年回去过年的。"王冬进也就跟他拉起家常来。"你也是在城里过年的吧？"王冬进知道刘俊一家人没住在厂里，在北区买了一套商品住房。

"可不是嘛，去杭州开订货会大年三十才回到家，连过年的东西都不知道是哪个朋友送到家里的，哪还能赶回乡下？"

"哪有你这么过年的，年货都是别人买着送给你的。"王冬进说。

"是呀，听我岳母娘说那朋友先是送了点糖果到我家，见我家什么过年的东西都没准备他又去买了些鸡呀、肉呀、鱼虾的东西送到我家。我岳母可高兴了，说我有这么好的朋友真是我的福气。"刘俊与王冬进拉着家常，他有意无意地尽量往远处扯。

"那人不但给我们家送了那么多年货，还买了一支电子玩具枪给我儿子，我儿子牛牛可高兴啦！"

"连是谁送的都不知道，你也敢收下那些东西呀！"王冬进也跟着与他聊了起来。

"我怎么不敢收！我可不像你们，别人送点东西，还得弄清楚是谁送的，收不收得，送礼物的人有没有什么目的。你想，谁还来贿赂我呀？给我送那东西的准是朋友，我当然是照收不误。"

"你真的收了！"王冬进问。

"收了，吃了，还用了！"

"坏了，有句话怎么说的？吃人的嘴软，拿人的……"王冬进好像记不完整那话似的。

"手短!"刘俊告诉说。

"是手短吗?"王冬进问。

"是手短!"刘俊肯定地。

"是手短的话那你今天就把那税款给我全交了吧。"王冬进笑着说。

"原来那送东西的人是你。"

"正是!"王冬进打趣地说:"去看看老同学不犯法吧?"

"搞'糖衣炮弹'呀!"刘俊是个很爱开玩笑的人。

王冬进说:"唉,又对了! 那天送'糖衣',今天就变成'炮弹'了,你如果不把那税款交了它就爆炸! 怎么样,交了吧!"

"龙科长,你把那印鉴章拿来。"刘俊从财会科龙科长手上接过印章一一地盖在交款书上,递给王冬进,然后摇摇头装出个极委屈的鬼脸,诙谐地说:"交了吧,谁让我拿人的手短哟!"

"哈哈……"大家都忍不住地大笑起来。

求　生

飞机起飞没多久,马苟手握一枚松发式手雷从座位上站了起来,他要求飞行员把飞机往北开。这是一枚高爆手雷,其威力在机场就足可炸毁这架手机,何况在空中。

大家都明白了是怎么一回事,女人、孩子都哭了。

飞行员不敢拿乘客的生命开玩笑,飞机转了方向。飞机里充满了恐惧,两百多名乘客谁也不敢上前夺手雷。因为只要马茍的手一松,手雷就会爆炸。

刘力比一般的乘客更显得害怕,他惊恐万状,声音发颤地对马茍说他不想死。

马茍也注意到了头等舱里这西装革履、一身富态的刘力,他问刘力:"你真怕死?"

刘力一副电影中叛徒看到敌人的刑具时样的那神态,告诉马茍说他一死,不但那几个亿的家产享受不到,就是他那些情人都会是别人的了。刘力说他那些情人很漂亮,真是又白又嫩又娇媚。他说着眼里似乎有了"晶莹"。

马茍拍了一下刘力的头,愤怒地说:"你他妈的有几个亿和十几个情人,老子不仅连五十平方的房子都没有,还光棍一条!"

"大哥,这样看行不行? 你让飞机在国内降落,我给你九千万现金,我那些女人你挑两个。"刘力用乞求的目光看着马茍,像在抓住一根救命稻草,他从包里拿出十几张美得让马茍流口水的美人照片。

"你真有那么多钱?"马茍不相信似的。

"大哥,要不是前年我一个矿出了事,我的家产还不止这么多!"刘力说着拿出一张名片惶恐地递到马茍眼前。

这张丝绸名片上印着:"华宇矿业集团董事长 刘力",还有一些人大代表、政协委员、商会会长之类的社会职务。刘力又温驯地将名片翻过另一面让马茍看到了集团涉及的业务范围之广。

"一下飞机我就被抓了,咋享受你两个美女?"马茍说出了他的顾虑。

"大哥,你别担心,不讲信誉我怎么能做成这么大的家业,不通黑白两道我怎能混到今天! 我马上写字据给你。"刘力问了马苛的名字后便拿出笔纸来写道:财产赠予书,为报答马苛的救命之恩,本人愿赠予九千万元人民币给马苛;此据为最后字据,以后更改均无效。刘力最后熟练地在立据人处写下了"刘力"两个字,将字据递到马苛眼前让他看清楚了,然后把字据塞进他的衣袋里。马苛从刘力刚才那一系列举动和表情都看出了他是一个特怕死的富商,那恐惧的表情一般人是装不出来的。

刘力还讨好地凑到马苛的耳边悄声地说出了自己的办法:飞机在国内机场着陆后马苛主动向警察自首,这样就不会判死刑,多是无期徒刑,最重也不过是个死缓;刘力让人花钱买通法医鉴定出马苛有精神病,然后帮他办保外就医。

"大哥,我保证你不会在里面待四个月。在里面那四个月,除好吃好喝外,我会常派美女去陪着你。"刘力还哈着腰悄声对马苛说,"这年头有钱啥都能办!"

刘力那低三下四的下贱样子让飞机上的乘客十分恶心,但大家又希望他能说服马苛。显然,马苛对有钱啥事都能办这话是相信的。他终于同意飞机到附近机场降落。

"不行! 飞机往韩国开。"机上的其他人刚松了一口气,马苛突然反悔了。

刘力不解地上前问:"大哥,我什么没做到位吗?"

"飞到国外我拿到钱就不回来了,谁拿我也没办法,也不要你搞保外就医那么麻烦。到国外后,你让你家里人送钱来我放了你。"

刘力一脸哭笑不得的神态,说:"大哥,您想呀,别说这飞机的油到不了韩国,就是能到,你一下飞机就会被韩国警方抓了。全世界对民航劫机者的处理是一样的,遣送回国,交给中国警方。与其那样还不如你自己在国内自首,自己把自己交给警察还能宽大处理。"

"再说了，你把我劫持到国外，我的签字就被冻结了，钱谁也拿不出来，又怎么能把钱给您？再退一步说，就是我家人拿九千万也送不到你手上呀！国外不允许带那么多现金，超过几万元都用银行卡或转账支付的。就是把钱汇到国外，你在国外没有身份证怎么取？怎么办转账？"

看得出，马苛开始失望了。刘力见此情景，更是小心地说："大哥，让飞机在国内降落，我这命就是大哥你给的，我怎么说都会知恩图报的！"

在刘力的一再承诺下，马苛终于同意飞机在最近的机场降落。马苛在飞机降落后将手雷交给警察，自首了。

后来，马苛才知道这"刘力"名叫郑耳，他也不是什么董事长，他是一个电视剧演员，刚在一个电视剧里扮演一个董事长，头等舱票是他一个学生帮他买的，名片是拍电视剧的道具，那些美女照也是演员的照片。

人　情

这会儿，老孟头正气呼呼地躺在床上。他没想到于民会这样不给面子，不但要他补税，还要罚他的款。

老孟头与于民可是在一个大杂院里住了三十年的老邻居。老孟头还救过于民的命——那是六十年代中期，在镇里税务所当所长的于民被打成走资派，一次批斗中，于民被造反派打得浑身是伤,奄奄一息的了,是老孟头冒着危险弄来草药才把于民那条命保住。于民在那次批斗中留下了腰伤,稍用力或挨冷那腰就痛,老孟头就不时送些药酒什么的来给于民止痛。后来,于民官复原职又当了那镇税务所的所长后,他俩不时地在一起干上两杯。

老孟头前两年买了辆东风牌卡车跑起买卖来,生意好红火。前些天,于民查出他偷了税,不论他怎么求情都不行,那于民今天还是要他补了税,并罚款七百元。这可把老孟头气坏了,此时,他正躺在床上直骂于民"忘恩负义"。

老孟头生了大半夜的气后,迷迷糊糊地睡着了。忽然,一阵雨声把他惊醒。"糟糕!院子里那装满水泥的汽车没盖雨篷。这车水泥可是好几千块钱呀!"老孟头急忙起来披起衣服就往门外走。

这初冬的雨还有些冷,老孟头一出门就打了个冷战。这雨可真大!地上都湿遍了。他忙向车子奔去。顺着电筒光,他见车子已盖上雨篷。大雨中,他蒙蒙眬眬地看见一个人正在绑雨篷的绳子。那人在直起腰时"哎哟"一声用于撑住腰部。这声音好熟!老孟头忙走近一看。天呀!竟是于民,他全身湿遍了。

老孟头先愣了一下,然后忙扶起于民:"老于头,你不要命啦!这么冷的天,你顾我那车水泥干吗?你这腰受得了吗?"老孟头一边说着一边扶着于民往屋里走。

于民边走边开玩笑:"这水泥淋坏了,你卖不出钱,我收谁税,又去罚哪个的款哟!"

"哈,哈——"两个人会心地笑起来。

进屋后,老孟头递上毛巾给于民擦脸上的雨水,又拿出瓶"老窖"和两碟炒花生米来:"老于头,咱哥俩喝两杯,暖暖身子。"

两人把杯子、花生摆上桌喝了起来。

这酒,暖身子,也暖透了心。

父亲的笑

李政创作的小说很含蓄,情节很奇特、不拘一格,虽然他常常写些自己遇见自己,自己的头发变白变成了老人、忽然又变黑变年轻了等等的事,故事情节虽然看起来好像不懂,但有人说立意很好、寓意很深,有人说他的小说像画里的意识流。他的小说语言也很特别,比如土里的石头他就变个花样说是土生的蛋,让人读了都感到新鲜……他的作品多次获奖,年纪轻轻的就成了作家,还是市作家协会的理事。

李政有一个父亲,仅有一个父亲——他母亲早就去世了,是父亲把他拉扯大的。他最尊重的人也是父亲。他知道父亲最希望的是他有出息,能干出一番事业来。因此,李政发表了小说都要拿给父亲看。可是,李政发现父亲看他的小说时眉头总是紧锁的,总说看不懂,特别看不懂的是那故事情节。即使是李政的获奖作品他父亲也说看不懂。

李政怎么都不明白,父亲是一个中学语文老师,从文化素质和欣赏能力方面来说还不至于到看不懂小说。不管怎么说,李政确实是没看见他父亲看他的小说时笑过,多是看了后放在一边摇摇头或表示看不懂,就是李政那篇在省里一次征文中获一等奖的小说他父亲看了也是如此。

　　李政除了写小说之外还常帮一些初学者改改习作,给业余作者上上创作辅导课,也写一些新闻报道之类的稿件。这天,李政将他亲眼看到的一件事写成一篇特写稿件,写的是这么一回事:市里一执法单位的某人酒后开车撞倒了一个外地人,虽然那个外地人受的是一点皮伤,可是那肇事者还将那受伤的外地人斥责了一通,这时一个路过这里的一个老工人当面批评了那身为执法人员的肇事者,还要他将伤者送医院去。当时在场围观的人劝那老工人说,又不是你的亲戚你管那闲事干啥?还有人说,你犯不着为一个外地人去得罪执法单位的人,你还在这个地方生活……可那老工人说了这么一句话:我怕下一个他撞的人是我!就这么一件事,让李政用写小说的技巧写成了一篇特写。

　　这稿件准备第二天早上送市报社的。他父亲回家,顺手拿起放在茶几上的特写稿看起来。李政惊喜地发现父亲开始有点笑容了,慢慢地他又发现父亲笑了,接着他就看见父亲开心地笑了,父亲不但说看懂了里面的事,最后还“破天荒”地说:“好!这篇小说写得好!”显然,他父亲将这稿件当成了小说。

天上下雨也下“钱”

　　说老天爷不长眼,或者说玉皇大帝没把雨神管好,或者说女娲补天那补丁锈了也行,反正不管怎么说,这天上的雨水似乎都往这里倒了。

　　这雨到地上成了水,汇到一起就是流,流到一起就成了山洪,山洪再汇到一起就是灾难了。这山洪把山寨冲了个精光,好在村支书韩力与几个村委干部有眼光,好说歹说、硬拉强拽,把全寨的人提前转移到了高山上,才有了这寨毁了但无一人伤亡的奇迹。

可是,看着整个寨子几乎成了平地,自己一下子成了"无产阶级",山洪后的惨景让好多村民都哭了,他们都不知道怎么办了。看着这些眼巴巴地望着自己的村民,韩力对大家说:"别怕,我们很快就会有钱重建家园的。我们不但要重建家园,还要建一个比以前更好的金龙寨!"

大家都知道韩力是在宽大家心、鼓大家的劲,这是村干部们在大灾大难之后必做的一件事,但大家都明白政府只有一点救助灾民的救灾款,那只是够吃饭穿衣和买农具,说要重建家园那不知是猴年马月的事了。

看着村民们垂头丧气的样子,韩力把大家召集起来说:"乡亲们,常说老天无情人有情,我这村支书是大家推选的,我就一定会想办法与大家一起把我们的寨子重新建起来!不然,我不仅对不起乡亲们对我的信任,也对不起去年我母亲大寿和我的五十寿日时乡亲们对我们的情义。"

说大家对韩力信任那不假!五年前,原来的村支书出车祸残废了,寨子里的人硬是把连乡里定的村委干部候选人都不是的韩力推选当了村支书,而且投给他的票远比村主任与其他村干部多。也就是因为这样,韩力这些年来常常念叨着要多帮乡亲们做实事来报答这份信任。可现在不是信任不信任的事,大家就是再信任,韩力也变不来钱。

至于韩力说那"情义"是指去年乡亲们为他母亲与他祝寿的事。去年,正好是他母亲八十岁大寿和他五十岁寿日,全村六十多户人家念韩力为村民做了很多事,念韩力的母亲在一次大瘟疫中自己冒险上山崖采草药救了全村人，一定要来祝寿。按寨子里过去的习俗，村民们给人祝寿都是各自从家里带鸡、鸭、肉、米之类的东西。而去年给他母亲与他祝寿时全寨各户都送了红包。韩力当时不让大家送礼，村民们说按寨子里的习惯虽说不能强求别人来祝寿，但也不能阻止别人来祝寿。韩力当时说自己是村干部，不能收红包，他要把红包退给大家，可寨子里的几位长者"发话"说老祖宗定下来的规矩是不能退寿礼的，退寿礼就是打送寿礼人的脸，韩力才没有再讲退寿礼的事的。可现在韩力就是再记住大家的"情义"又能怎么样？面对这么严重的灾情，韩力就是把去年大家给他与他母亲的寿礼金全退给大家也没多少，哪怕再加上韩力的全部家当也无济于事——因为大家都知道韩力的家境也并不很好，况且现在也被冲毁了。

很多人还是很失望地说："天上只会下雨，哪会下钱！"村民们都是这么认为的。可韩力却一点不恼怒，还笑着对村民们说："你们还真说对了！'天上'真能掉下钱来。"

虽然，韩力这么说，但谁也没当真，只当他在宽大家的心。一天过去了，韩力打电话叫来了几个人，那些人在寨子的原址上又看又量又拍照的，村民们不知道这些人在干什么。

可是，村民们没想到的是真有人给他们送钱来了，从那较大数目的钱可以看出这绝不是政府的救灾款。村民们拿着一沓沓的钱，真如同做梦一样，仿佛这钱就是从天上掉下来的一样。当然，谁都知道天上是不会掉下钱的。

大家很快都知道了这是保险公司给他们的赔偿款。

可是，大家捧着那赔偿款时，也捧着了一个大大的困惑：保险公司凭什么赔偿给他们钱。因为，村民们都知道自己没交过保险费。

当保险公司的经办人员告诉大家缘由时，村民们都惊讶了，是韩力帮大家交的自然灾害险的保险费。

很快，村民们也知道了韩力就是用那退不回去的寿礼钱帮大家交的保险费，不够的他就私人掏腰包补足了。

提　调

这个提调不是平级调动，而是一种职务，只不过不是官方职务，是民间的。

虽然，人们不希望有这种职务，但又不得不有，因为现在科学还没有发达到可以控制死亡这一自然规律的程度。

这天，方鸣单位一个同事的母亲去世了，刚从党组书记、局长位子上退到主任科员岗位的他与局里的工会主席一起代表局里前往吊唁。

虽然，这位同志的母亲只是一个普通居民，但灵堂设计得很隆重，前来吊唁的人多，但多数是方鸣不认识的。方鸣刚到一会儿，一个他似曾相识的人叫住他："方局长，你来得太好了！提调家里突然有急事要处理，走了。这都快乱套了。您当了几十年的领导，快帮管管吧！当一下提调吧。"这提调就是组织办后事的人。

那人说得不假，来的人多，估计每餐都有上百人吃饭，这租锅借碗、买菜买米、采购烟酒、做饭煮菜、摆酒上菜、洗碗洗菜、打扫卫生都要人管，还有丧礼的主持、出殡下葬都得要人来安排，这些事都是提调管的。不过，这些事虽多，但在方鸣这个当了二十年厂长、副局长和局长的人眼里不算什么，以前一个三百人的厂和一百多人的局那么多事，还不是被他管得好好的。在厂里、局里有什么事，只要他到现场眼睛一瞪，那些人就会老老实实、规规矩矩地按他说的去做。此时，刚退下的失落感使他那再当当"领导"的想法占了上风，再加上这时孝子又过来叩头请求，方鸣毕竟是当了很久领导的，他想拿出指挥一个局的能力还指挥不了这事！他就顺水推舟地当了这提调。

他一上任立即布置上了"你带三个人去买菜""你带五个人去洗菜""由你们三个人去租碗筷"……方鸣非常果断。

可是，布置发布后，响应的积极性不高，要么推辞有事，要么说自己不会，就是答应去做了也是懒洋洋的。方鸣见此情景立即告诫大家要服从安排、听从指挥。但效果还是不好，快到中午了连买菜的人都还没找齐，租碗筷的人还没出发，买烟酒的人都没动。这下子麻烦大了！

好在这时候原来的提调赶回来了，他见此情景也不慌乱，而是重新作了安排。买菜的、租碗筷、洗菜、做饭的……所有的人都立即按部就班地动了起来，终于在中午开饭前按时开饭了。那些根本不听方鸣安排的人对那原提调的布置是很服从并认真去做的。

方鸣感到奇怪，他要去探个究竟。他过去一看，那提调竟是局里一直提拔不起来、当了三十年的办事员的王木。他看着王木布置那些人做这做那的，也没有什么特别之处。唯一不同的是王木在对某人布置完后就会在那人肩上轻轻地拍拍，然后说一声："辛苦您了！"

山花烂漫时

朝霞刚浸上天空，一阵春风带着漫山遍野那山花的芳香徐徐吹过。九坝村热闹起来了——人们吆喝着牛向田里赶去，运输户的汽车和拖拉机"轰隆隆"地陆续发动着往村外开。

村头那全村最漂亮的二层新楼房前，果脯加工专业户陆永福的老伴匆匆忙忙地往厅屋里跨，嘴里叨着："她阿爸，我们的女儿回来了，女儿回来啦！"声音都是甜的。

陆永福正在屋里收听广播。他只是抬头看了急烘烘的老伴一眼。

"艳她阿爸，你怎么啦，女儿回来了，你怎么还这副脸。她也没什么不对，只不过是好要点，你也同意的呀。"

"都是你，娇惯坏了她，要星星你摘吗？"

"我娇惯她？你有几个女儿？要把钱带到土里去！"老伴有些生气了。

……

两个月前，他们的女儿娇艳要去旅游，说是开阔视野，还说顺便了解市场信息。

"旅游不是把钱白白地丢在火车上、旅店里嘛！不如用在自家的加工厂里。"当时他是这么说的，现在他还是这么想。

可是娇艳说："阿爸、阿妈，城里人就靠那么一点工资和奖金还出去旅游呢，我们挣那么多的钱又是为了什么？"

"娇艳,盘家寨的盘喜富又买了两台机子,他是拼命地要挤垮我们呀……"陆永福怨女儿"不当家不知油米贵"。

"阿爸,盘老爹仅凭多两机子是挤不垮我们的,现在竞争不在机子。"他还没说完娇艳抢着说了。

陆永福想真是娃仔话,竞争不靠机子靠什么?

后来女儿撒个娇,她妈就答应了。他不好拗着老伴,再加上就这么个女儿,也就不好反对了。但过后想到钱被白白丢掉,又心痛了。

眼下,陆永福被老伴这么一说,又上火了,正要吵起来。这时,娇艳蹦进门来:"阿爸、阿妈,我回来啦!"她妈见到女儿,脸色立即"阴转晴",又是接女儿的旅行包,又是拍女儿身上的灰,这下恨不得把女儿捧在手心里。陆永福应了一声:"嗯,回来了,休息一下吧。"

"阿妈,我带了好多东西回来。"娇艳说着便打开那两个大旅行包。"阿妈,您看,这是给您买的皮衣,山上湿,穿着它关节就不痛了。"

"阿爸,这茅台酒和这几条'云烟',我花了高价还好不容易才买到的。"

"死妹仔,你花钱买这干吗?"陆永福又喜欢又心痛,他老伴站在一旁眼睛笑成了一条缝。

"阿爸,这是您想要的《果脯加工工艺》,我跑了好几家书店才买到的。还有,这是今年的订货单,这是明年的订货单……"娇艳变魔术似的从包里不断地往外掏。

陆永福赶快接过女儿递来的书和订货单。为这书他快踩平了县城书店的门槛。哟,这些订货差不多超过了他的加工能力。嘿,这妹仔还挺精灵的,就凭这些订货单,那些出去旅游的钱就没白丢啦,还有这本书⋯⋯陆永福心里笑了。

"⋯⋯阿爸,这还有两套上海制造的最新果脯加工机械的说明书,这种机子可真好!"

什么,陆永福把书和订货单往桌上一放,几乎是抢过说明书。一台新机相当现在四台的加工量,价钱也不贵。真是这样,买上两台就等于八台,那就不怕他盘喜富了,陆永福心里好一阵激动。"你见过这种机子?"他真还有点不相信。

"见过,不但见过,还试着操作过。为了这机子,我杭州都没耍完,钱就用光了。"

陆永福放心了。娇艳说完了好久,他像想起件事来:"嗯,什么? 娇艳,杭州没耍完,不要紧,秋天去补,再可去泰山、华山去耍,多少钱阿爸给。"

他一边倒水让女儿洗脸,一边往厨房里喊:"她阿妈,快搞菜! 今天开茅台酒!"陆永福像已经喝醉了,哼着彩调《刘三姐》的曲子。

娇艳洗过脸,拿了一份说明书,对陆永福说:"阿爸,离吃饭的时候还早着,我把这产品说明书给盘老爹送去。"

"什么? 给他! 他可是我们的对头,他在与我们竞争,你这不是坏了我们自家的厂子吗?"陆永福像酒醒过来一样,停了曲,眼睛瞪着,不认识女儿似的。

"阿爸,这满山满岭的李子你加工得完吗?"说完,娇艳就跑了。

他想拉住她,手刚伸出去又停住了。因为,娇艳说的另一句话在他心里撞了一下。

她说:"李子加工不完会烂的!"

不为什么

刘资又来了,陈志已经三年没见他的踪影,鬼知道他这几年去哪啦?

化工厂还没垮时,刘资经常来找陈志,每次来都要给陈志带些东西。开始有时送他一件毛料衣,有时送他一只金戒指,过年过节有时还包个红包表示庆贺。后来就干脆就送钱了——有时叫辛苦费,有时叫推销费,有时也叫损鞋费。刘资是江浙一家乡镇企业的推销员,推销仪表的,陈志是化工厂供销科负责采购的副科长。

"陈兄,听说你又当科长了。"在饭店里,两个人边吃边聊着。其实刘资岁数比陈志还大五岁,但他总叫陈志"陈兄"。

其实陈志当上科长才半个月。化工厂垮了后,全厂的人都下了岗,那些有技术的人帮别人焊东西、开车床、开修理店,或者被别的厂招聘重新就了业,他这种无一技之长的人就难自谋生路了——搞推销,他不会;帮人家搞采购,人家单位的头儿一听到他在化工厂搞采购的名声哪个还敢要他。陈志肚里也明白,化工厂的倒闭虽然跟那个收取了贿赂高价购进报废设备而被判刑的厂长有关,但也不能说与他这个高价购进材料的供销科科长无关。

他没有就业门路,就一直在家里待着。虽说以前在化工厂搞采购时得了一些钱,有些储蓄,但也经不住这"坐吃山空",而且女儿上大学的费用越来越大。那在家里待着的滋味实在是不好受。陈志在家里待了一年多时间。

后来，他小学的一个同学从外地回来办这复合肥厂，不知是不了解他的名声还是顾及老同学的情面，竟同意他到复合肥厂搞采购。到复合肥厂后他为厂里实实在在地干了几件事，被提拔为副科长。接着，他又为科长和厂长出了几个好主意，降低了采购费用，压住了原材料价格，为厂里增加了利润，前一阵又被提升当了科长。

"陈兄，首先为你的荣升干杯，祝你步步高升！"刘资提议。他们干了第一杯酒。

"第二杯，祝陈兄发财，财运滚滚！"在刘资的提议下他们又干了一杯。

刘资为陈志斟上第三杯酒，边吃边说："陈兄，听说复合肥厂扩建要不少的仪表，这笔生意给老弟我做吧。"

"给你？"陈志像是问刘资，又像自语。

"陈兄，还是老规矩！给你百分之二十的提成，怎么样？"

刘资吃着菜没看陈志，没听见他出声，头都没抬又说："提百分之二十五也行，但价格能不能提高点？"

没听到陈志回答，刘资抬头才发现陈志一脸怒色地看着他。

"怎么啦？陈兄。"刘资不明白，按他与陈志打交道的经验和搞推销的惯例，这么大的交易额百分之二十五的比例已不算低的了。

"你这浑蛋！"陈志的声音很大，几乎整个餐厅都听到了。

看着陈志转身离去的背影，刘资一脸的不明白。他知道，凭陈志的海量只喝了两杯酒绝对没醉。刘资追上去："陈兄，你这是为什么？"

陈志回过头丢下一句话："老子不想再下岗！"

初恋情人的"礼物"

晚上七点五十分,周海提前了十分钟来到七星公园的风雨亭等着。他真弄不清刘琴约地出来有什么事情。

今天下午4点钟左右,周海去调查一个重大偷税案刚回到所里,便接到了他以前的恋人刘琴打来的电话,刘琴约他今晚八点到七星公园的风雨亭去,说有很重要的话对他说。

当时还真把周海给吓了一大跳。这刘琴与周海以前曾是一对初恋的情人,两个人曾共有过许多幸福的时光,曾共有过许多爱的甜蜜,后来两个人因发生了些误会,竟阴差阳错地分了手。虽说周海很珍惜以前那段恋情,但是现在两个人毕竟都是各自成了家,都是有了孩子的人,况且他跟妻子的感情很好,因此要像以前那样约会已不可能了。周海当时正想委婉拒绝,刘琴倒是像猜到了他的心事似的,在电话里对他说:"周海,你尽管放心!我没打算破坏你的家庭。"人家把话说到这个分上了,周海只好答应下来。

可从放下电话开始一直到现在,周海还是猜不出刘琴约他出来有什么重要的话要讲。

"阿海,让你久等了。"周海正想着,刘琴声到人到。

"哦,我刚到一下子。"周海说。

"好久不见了,你现在过得好吗?"刘琴问。

"还不错,过得去,你呢? 过得很舒心吧?"天啊,这完全是电影里两个旧情人久别后重温旧情时的对话。周海有些慌了。

两人互相问候着便在亭里的石凳上坐下来。

"阿海,这段时间很忙吧？听说你最近在查飞燕歌舞厅偷税的事,是吗？"

一提到飞燕歌舞厅那事情,周海心里就有些不快。前不久,所里接到举报说飞燕歌舞厅有一真一假两个账本,老板用假账本应付税务机关检查,真账本上的营业收入远远超过了假账本上的数。周海经过几天的调查发现该歌舞厅生意很红火,营业收入绝非其申报的那点点。可是直到现在这歌舞厅的老板仍矢口否认有两套账。找不到那真账本就无法知道这个歌舞厅的实际收入,也无法弄清歌舞厅老板偷税的数额,真让周海发愁。

周海点了点头对刘琴说:"是的,正在为这事伤脑筋。"说着周海像想起什么事似的:"哎,你怎么知道这件事呢？"

"飞燕歌舞厅的老板是我的表叔,我当然知道。"

"是你表叔？"周海感到有点突然。

"说实在话,我今天就是为他的事来找你的。"

听说仅是为这事,周海那悬着的心就落地了。

"……阿海,我是专门给你送礼物来的。这礼物你一定喜欢！"刘琴说着就打开了提包。

"哦,什么礼物？你怎么知道我就一定喜欢？"周海话语有点双关。

刘琴说:"我还不知道你喜欢什么吗？"说着,她递给周海一个用报纸包着的东西:"你先别打开,待会儿你一打开准会得到一份惊喜！"

周海捏了捏那纸包,开着玩笑对她说:"你送这礼物给我,怕是有什么条件吧？"

"你当我是行贿呀？不过条件倒是有一个,那就是帮我保密。"刘琴说。

周海一脸的不解。

这时,刘琴看了看手表,说:"等会儿我还得搭夜车赶去上海参加展销会,先走一步,你慢慢去'欣赏'那礼物吧。回头见"。她说完匆匆忙忙地走了。

周海赶忙到路灯下拆开纸包,当他看到那"礼物"时,不由地一阵惊喜。

是飞燕歌舞厅的那本真账本。

劝　夫

日本鬼子的扫荡越来越残酷,东阳村西边据点的鬼子对东阳村更是烧杀淫掠。

鬼子除了强迫村维持会向村民派要东西外,还经常到村里抢粮抓猪捉鸡牵牛,最可恨的是常有鬼子来村里强奸妇女。几天前村南边的翠姑从地里回来,被三个鬼子拖到村边的草地上轮奸了。

村民们对鬼子的行径十分愤慨,几个青年请腊花的丈夫桐生出来牵个头成立个村自卫队什么的,也别让鬼子太嚣张了。桐生是村里青年中威信最高的,大家都说他打猎身手最好,对人也很讲义气,所以以前打猎,大家都争着跟他去。他要说个什么的大家都是积极响应的。过去村里青年人中有什么事,也常叫他来裁决。可对组织自卫队这事桐生却一直犹豫不决。他不牵头，村里的青年人就没法组织起来。那天翠姑被糟蹋后上了吊，桐生狠狠地咬了咬牙。

这天，村维持会长说据点里的鬼子要村里两天之内派一个年轻姑娘去当洗衣妇。谁都知道那些如畜生一样的鬼子，年轻女子去据点里当洗衣妇就如同进了狼窝。谁都不愿去，把门关得紧紧的。维持会长说如果派不出洗衣妇，鬼子就要来血洗全村。他要宋大爹的四女儿去。宋大爹有个女儿，四女儿长得还可以。宋大爹家灾祸临门，全家人抱头大哭。村里人骂维持会长不是人，维持会长说他有什么办法呢，反正村里总要去一个姑娘，全村才能躲过这场血灾。

这天桐生不在家，腊花眼里红了一阵子，她找到维持会长说让她去吧！维持会长正为如何向鬼子交差而愁着。腊花长得还算可以，也不像结过婚的人。维持会长真还有些喜出望外来，他还夸腊花救了全村人。

桐生回来时，腊花已到了据点里。

第三天早上有消息传来：据点里的二十多个鬼子，除两个站岗的外其余的在昨天下午全被腊花用砒霜毒死了。进据点的第二天下午她就往鬼子锅里撒了毒药。为了让鬼子放心地吃，腊花也若无其事地吃了。

不久，东阳村一带的山上就出现了一支专打鬼子的游击队。他们使用的武器是鬼子怕得要命的鸟铳、土炮、毒箭、插满竹尖的陷阱、夹野猪的铁夹。

这支游击队的队长就是桐生。

救　人

东龙镇的圩日也真够热闹,卖小百货的,卖炸麻粑的、烙烧饼的,摆米粉摊的……摆满了整条街。

镇东头这边又是最热闹的,耍猴的、玩把戏的、耍蛇的,还有挂满了赠旗卖药的。锣声、鼓声、吆喝声……汇成一片。卖药的人中最引人注目的便是那身穿瑶族服装的父女俩,大汉大致五十来岁,一副刚毅的神态。少女不过十八九岁,圆脸粉红、白藕手臂,十分清秀。父女俩的药摊上没有挂锦旗,他俩也不吆喝,生意不算好,好在药便宜,也有那么几个人买。

中午是圩日最热闹的时候,三个 20 来岁的男青年互相说笑着从前边过来,到这父女的药摊前停了下来,在药摊前指指划划。

"哥们,你瞧瞧! 这些草根烂树皮也能治病?"

"这些东西能治病,医院早关门了!"

"可惜了这妹仔,这几根草能卖多少钱,还不如卖……"一个身穿夹克装的青年说着瞟了瞟姑娘的脸,然后哈哈地大笑起来。

姑娘气得满脸通红,那大汉温和而又威严地对他们说:"年轻人,嘴巴干净点! 别伤人。"

那三个小青年见大汉威严的样子,便做了个鬼脸急忙往前走去。

没一会儿,前面不远处传来了"夹克装"的喊叫声:"哎哟,哎哟,救命呀! ……"原来他在一个卖蛇的那里指指点点的,被笼里的毒蛇咬了一口，手指马上肿起来。那卖蛇的没有蛇药，他不知所措地扯了根麻绳将"夹克装"的手腕绑紧。

那"夹克装"吓得一个劲地叫喊着。大汉从药摊上拿起几根草药就过去。

"阿爸！"刚刚受了委屈的姑娘翘着嘴巴拉住他的手腕。

大汉知道女儿的意思。他对女儿说："阿艳。见死不救还算什么瑶医？"说着便朝"夹克装"那边走去。

他挤进围观的人群，抓起"夹克装"的手用刀将伤口划了一刀，从手腕往下挤毒血。然后将草药捣碎敷在伤口上，一会儿将草药拔去，再敷，再拔，这么反复好几次，20来分钟后，肿消了。大汉帮"夹克装"敷上药，对他说："好啦！"

"妈呀，这可神了！一下就消了肿。"

"这是什么药？绝了！"围观的人们纷纷议论着。

"夹克装"惭愧地说："真不知道该怎么感谢您！刚才得罪您和小妹，实在对不起，请你们原谅！"

大汉温和地对他们说："年轻人，要记住做人的本分呀！"

仨人从身上掏出所有的钱，凑在一起大概有四五百块钱，递给大汉说："救命之恩，这点钱是一点小意思，请大伯您收下。"

大伯只从"夹克装"手上拿了10块钱，说"不要那么多，也不要讲什么恩不恩的，救人治病是我的本分。"

"夹克装"千恩万谢就要走。

"等等，就这么走了，你们忘了什么！"大汉叫住他们三个人。

三个人被问愣了。好一阵子，他们才想起了什么似的到姑娘前面说着："小妹，刚才冒犯了你，对不起，请原谅！"

三个人一起向姑娘鞠了一个躬才走。

权 益

郑燕推着一小推车的糕点走街串巷地叫卖,这时候是最好卖的时候,这个时候可以卖掉一天销量的三分之一。

她穿过朱雀巷要到那大广场去卖。走到朱雀巷口,郑燕看到前面的路边有一个提包,而周围没其他人,她想这包一定是谁遗失的。她打开那包时,吓了一跳,那是一包宝石呀! 郑燕以前在深圳打工时就在宝石厂里做过这种宝石,因此她知道这包宝石虽说是人造的,但也值十万元以上。她不知道是谁这么粗心,将这么贵重的东西丢了,便把手提包放在显眼处并守在那儿。按常理丢了东西的人一定会回来找的。

可是,二十分钟过去了。巷子里过了好几个人,可没人来问这个包。又过了二十分钟,还是没人来问,不是失主就是看到这手提包也不会问的。一个小时过去了,失主还没来。这时,郑燕也着急了——去广场晚了就会错过糕点的最佳销售时间,今天的糕点可能就卖不完。卖不完就得倒掉,她能不着急吗?

一个小时了,失主还没出现。一个半小时过去了,还没人来认领。郑燕知道这时糕点的最佳销售时间已过,就是立即赶去广场也卖不出多少块了。她索性静下心来等。

又是半个小时过去了,一个中年男人骑着摩托车慢慢地往这开过来,那人一边开摩托车一边东张西望地找东西。他看到郑燕推车上的手提包时,便过来问:"阿妹,这包是你捡的吧?"

"你丢了东西?"郑燕问,"是什么东西?"

那人急忙说:"是一包人造宝石。"

见那人说对了里面的物品,郑燕又问:"有什么可以证明这是你的?"

那人想了想,说:"手提包里有一张提货单,提货人是我的名字。"那人说着拿出了自己的身份证。

那人还拿出了营业执照副本、名片,还有一张车辆超速罚单。那些东西能证明这包东西是他的。郑燕便将手提包给了他。

那人感激拿出 10 张百元的人民币递给郑燕:"阿妹,太感谢你! 这点感谢金表示一点谢意。"

郑燕不接,并说不必要感谢。那人以为她嫌少,又拿出 500 元一并递过去:"一点谢意、一点谢意!"

郑燕推开他的手说:"刘老板,别说谢不谢的! 哪个捡到东西都应该交还失主的。"她从身份证上知道他姓刘。

看到郑燕坚决不收这 1500 元钱。那人便一边说着感谢话一边往摩托车上绑提包。

他跨上摩托车正要发动车时,郑燕叫住了他:"刘先生,你得给我补偿款!"她告诉那男子自己因为等他耽误了糕点的销售,错过了销售的最佳时间,今天的糕点卖不完了。她只向那男子要了八十元钱。

那男子和不少人不理解。郑燕说:"那 1500 元是我不该要的,而这 80 元是我该要的。"

看到一些人还很困惑,她就告诉大家:捡到东西交还失主这是应该做的,不需要感谢,因此她不收那感谢金。而她因此耽误了卖糕点造成的损失,那人应该补偿她,因此她一定要向他索要的。

全民微阅读系列

留

再过半个小时飞机就要起飞,电影电视里常有的那种情景仍没出现,刘宏展非常惆怅,看来他只好把遗憾带上飞机了。

电影电视里常有这样的镜头:一对有情人闹别扭,一方带着无限惆怅要离开,就在快上飞机时另一方追进了机场。顿时,峰回路转、冰消怨释,两位恋人和好如初,要走的一方也留下来了。刘宏展就是盼望能出现这样的情景。可是,他盼望的张倩却没出现。

刘宏展和张倩是中学的同学,在中学时虽然刘宏展暗恋过张倩,但两个人从没来往过,毕业后也就更没消息了。

去年,刚从国外回来出任巴西一家商业集团中国公司总经理的刘宏展,在一次同学聚会上与张倩再次相遇了。当得知张倩与丈夫离异已两年时,有过两次恋爱失败经历、至今仍未结婚的刘宏展激动了。他从此向张倩发起了潮水般的攻势,很快就与她建立了恋爱关系。

就在两个人快要谈婚论嫁的时候,在对公司的一笔税款的问题上,刘宏展与稽查局副局长张倩产生了分歧。刘宏展说是合理避税,张倩告诉他这是偷税,要查处。结果,稽查局查处了公司,做出了要公司依法补交税款、滞纳金,并进行处罚的决定。为这事两个人闹了别扭。刘宏展怀疑张倩是否像他想象中那样爱他,担心张倩是否因为这件事不爱他了。刘宏展的情绪几乎降落到了最低点，他把公司的事务交给副总经理，他就回巴西述职，同时他还做了带着再次失恋的痛苦留在巴西不回来的最坏打算。刚到机场时，他那舍不得张倩的感觉反而强烈了。张倩现在还没出现，他真是很失望。

他就要上飞机了。检票处的同志看过他护照后告诉说：刘先生，临海市国家税务局的同志请您留下，并请你立即到该局的稽查局去。

刘宏展一下子高兴起来：这张倩留人的方式真奇特！税务局只有张倩才知道他要走。他高兴得飞机票都差点忘了退。

可是，刘宏展赶到稽查局时却没看到张倩，接待他的是稽查局的两位科长。

"刘总，把你留下来的不是我们……"

"是张倩！"刘宏展迫不及待地问。

"是《征管法》！《中华人民共和国税收征收管理法》第四十四条规定：欠交税款的纳税人或者他的法人代表需要出境的，应当在出境前向税务机关结清应缴纳的税款、滞纳金或者提供担保。未结清税款、滞纳金，又不提供担保的，税务机关可以通知出境管理机关阻止其出境。你们公司被我们查处的税款、滞纳金、罚款等款项没交清，又没提供担保。……"

刘宏展立即意识到把他留下来的是那笔税款而不是张倩，原来满怀希望的他更加惆怅了。他当即拿出手机："方副总经理，通知财务处把那税款按稽查局的意见全部交了。立即！对，马上！"此时，他恨不得马上就出境。

当办清一切交纳手续时已是下班时间。刘宏展走出稽查局，看见已卸下制服的张倩正站在税务局大门边。张倩一身修长、洁白的连衣裙，充满了女性的魅力。

刘宏展想上前又不敢上前去。

"傻瓜,人家已经在这站着都快半个钟头了,还不快点!"张倩娇嗔地说。

"我……"刘宏展跑到张倩身边。

张倩一本正经地:"毛主席语录:有错就改,改了还是好同志!"

"有这条呀?"

两人都忍不住地大笑起来。

费钱的女孩

那阵子,远由的眼睛与心一起跟着柳芳动,这是一个十六七岁的男生的表现。

柳芳不是班里最漂亮的女生,但远由却是班里最优秀的男生,几乎所有的老师都说他会考上清华。那是原来。自从他的眼睛盯在柳芳身上后,成绩明显下降了,下降的程度与瞟柳芳的次数成正比。

女孩子比男孩子成熟得早些,柳芳从远由那经常偷偷瞟过来的眼光里知道了他成绩下降的原因,成了全班最早知道这个原因的人。

一天,柳芳在回小杨村的路上拦住远由问:"你喜欢我?"柳芳问得很直接。

远由就像偷东西被失主抓住了一样,尤其是被自己喜欢的人抓住了。他非常尴尬，看着自己的脚面，就像小偷在等待失主的惩罚。

"你喜欢我是你的权力，谁也没权指责你。"

远由没想到柳芳会这么说，他琢磨着柳芳下面会不会雷霆般的大怒。

就在远由等下文的时候，柳芳说出了这么一句来："关键是你喜欢得我起吗？我是很费钱的女孩，你得挣很多钱才能养得起我。你喜欢我就得让我幸福，让我幸福起码得让我过上好日子吧！你知道要让我幸福得花多少钱吗？"

柳芳这话戳着了远由的痛处，整个县就他们那个乡最穷，在那个乡他们村是最穷的。在他们那个村，远由家虽不是最穷的，但也在中下水平。为了远由上重点高中的钱，他们家可是借遍了所有的亲戚。

"你也不是没有机会，你考上一所重点大学，就能找到好工作，有了钱才能让我生活得好一点！不过，在此之前我是不会理你的。"

柳芳说得没错，她家的条件真是不错，在这乡里绝对算得上富家了，关键是她还有一个上百万资产的表叔和一个在县委组织部当科长的舅舅。

听了柳芳的话，远由心中燃起了希望，他实在是太喜欢柳芳了，他知道自己家的情况，根本就没办法让她过上好日子，更别说门当户对了。他唯一的办法就是考一个好学校，这样才能缩小自己与柳芳的差距，考个好大学对他来说也不是一件很难的事。后来，他每天只要一看到柳芳，那做习题的劲就特别大。

一年后，远由真考上了清华大学，柳芳考上了本省的一所高等专科学校。当远由把录取通知书拿给柳芳看时，柳芳那神态比自己考上清华大学还高兴。不过,当远由表示爱她时,柳芳只是平淡地说了句:还得把书读好了才能有好工作,才能养活我这个费钱的女孩,才能让我过上好生活。

到了大学三年级,班里好几个出身高干家庭的女同学向他展开了攻势。远由也开始在想柳芳的那些话,什么"我是很费钱""你得挣很多钱才能养得我起"……那些话里似乎都是为了钱。这些话在远由的脑子里滚来滚去,滚的次数多了,远由的脑子里也就滚出了一个"决定"。他从此就再没跟柳芳联系了。毕业后,远由留在了省城工作,跟一个处长的女儿结婚生子,为人夫为人父了。

岁月如梭,一眨眼十五年过去了。这年,远由从省城回到家乡办事,遇到同学周云,才知道柳芳已在一年前患癌症去世了。他情不自禁地想去柳芳家看看,他还想去看看柳芳的墓。

走进柳芳的家里,大厅里挂着柳芳的遗像。看着柳芳的遗像,远由不能不想起以前那个漂亮、可爱、让人着迷的柳芳,就连"我很费钱的""你爱我就得有钱让我过上好日子"这些话都仿佛变得亲切了,眼泪也从远由的眼睛里流了出来。

这时,从房间里出来一个十四五岁的小姑娘,看着满脸泪水的远由,问:"您是远由叔叔吗?"

远由强忍着眼泪,点了点头。

"您真是吗?"小姑娘几乎有些天真地又问。

远由拿出了自己的身份证与工作证递给小姑娘。

小姑娘从里屋拿出一个纸包着的东西给远由,说:"我妈妈走之前说如果您来了就把这个给您。"

远由打开纸包,里面是一个日记本。他迫不及待地翻开,这是柳芳高中时写的日记。看着看着,远由的眼泪就停不下来了。

当看到"我只有用这个笨办法来激励他读书,我也知道以后我在他眼里将成为一个贪图钱财与享受的女孩"时,远由的泪水已变成了倾盆大雨。

奇特的礼物

东振机械厂也送礼物来了!曾礼南感到很惆怅。

他这次从新加坡回到祖国,目的是寻求联营伙伴——他准备与国内一家机械厂合资办一个收割机厂。当他向有关部门透露了这个意思后,国内便有三十多个厂家,甚至这些厂家所在地政府来找过他。一些厂家及地方政府相继提出许多让利免税的优惠条件,有的提出的条件已经优惠到不可思议的程度。除此之外,有的厂家还请他吃山珍海味,有的请他去名胜风景区游览,有的则送来了各种各样的特产,有个厂家甚至还送来一件价值不菲的古代文物。

凭他在国外的经验,靠送礼来做生意的大凡是质量不高、信誉不好的厂家,让利优惠得太过分的厂家是不可靠的。

曾礼南对那几家没有送礼和过分让利的企业进行了一番考察,他认为只有东振机械厂这个乡镇企业的技术和设备较理想,该厂提出的分红条件也让人感到实在、放心。他正考虑着与东振机械厂洽谈合资事宜。可是,偏偏在今天早上,该厂派人送来了这件礼物。曾礼南与之合资办厂的热情此时降到了最低点,甚至有股"此次虚行"的失望涌上心头。

他的目光移到那件礼物上，这是一个用红绸布包着的长方形盒子，像是很贵重，是金器玉雕，还是珍贵文物？曾礼南想看个究竟。当他叹了叹气，摇着头打开那红绸布包时，在他眼前呈现的却是一盒录像带：《鸦片战争》。

霎时间，曾礼南刚才那惆怅便荡然无存了。

生　命

"这里面有生命迹象。"生命探测仪一响，大家都立即围了过来。地震已过去 7 天，这废墟中还有生命迹象，真让搜救人员兴奋。在这生与死的较量中，搜救人员最兴奋的就是从废墟中救出生命。

地震刚发生时搜救工作的重心在县城中心，然后逐渐扩大搜救范围，搜救工作进入第三天才搜救到这城中村。这是一座农村常见的混砖二层楼房，水泥与钢筋用得少，倒塌得很厉害。搜救人员不能用大锤打，也不能用铲车铲，怕引起新的倒塌而危及幸存在废墟下面的生命。大家只能用钢钎撬和用手搬弄开水泥块。搜救人员一边用钢钎和手搬着废墟上的砖块，一边向废墟下呼喊着"下面的人你在哪？说说话。"可是，没有听到回答，因此无法判断幸存者的准确位置，只能借助生命探测仪摸索着幸存者的位置。

经过三个多小时的挖掘，搜救人员终于进入了废墟下的一个空隙。他们惊讶地发现这个空隙是一对中年男女用身体抵住一块门板挡住渗入的碎砖水泥块形成。这一对中年男女已死去两天时间。搜救人员在这个空隙里找到发现了一个八九岁的小女孩,这孩子已经奄奄一息,呼吸非常微弱,身上没有伤痕,应该是饿昏的。

可搜救人员却惊奇发现这孩子的手上拿着两根红萝卜,一只小白兔正啃着其中的一根。

暗　号

在九坝镇有一个药店叫"济世"药房,老板是一个40来岁的中年人,姓蓝,名方。

蓝方待人热情,童叟无欺,药的价格公道,还不时赊些药给一下子拿不出钱来的病人。因此,济世药房生意好得不得了,药房人来人往的,十分热闹。突然有一天,蓝方被日本鬼子抓了去。原来,有人告密说蓝方是地下党的县委书记。

到了鬼子的宪兵队,蓝方不承认,说别人诬陷他。鬼子叫叛徒来指证他,他说那叛徒以前是个无赖,骗他的药钱被他打了一顿,现在在报复他。鬼子用了刑,蓝方不仅不承认,还装得十分委屈,弄得鬼子也将信将疑的,还有就是鬼子在药店与他身上也没搜出什么可疑的东西来。为了"放长线钓大鱼",鬼子没有继续拷打蓝方,但也不放他回去。

鬼子很狡猾,他想如果蓝方是地下党,他一定会想办法把自己被抓的消息传送出去,更重要的是鬼子听叛徒说,可能过一阵子有一个新四军的大首长要通过当地地下党护送去延安。他们关着蓝方，如果蓝方是地下党负责人，他就一定要想办法把接头暗号送出去，让其他人代替他将那大首长送去延安。那样，鬼子就能查获接头暗号，冒充接头人将新四军大首长抓住。

果然，才过了两天，蓝方就要求见他老婆。这正中鬼子的下怀。他们就立即同意蓝方的老婆来见他。

蓝方的老婆蔡凤二十三四岁的样子，一脸的土气，怎么看都是一个没见过世面的乡下女人。蓝方与她老婆见面时，狡猾的鬼子派了一个听得懂中国话的士兵装成看守在说近不近说远不远的地方看守着。

见到蔡凤，蓝方就告诉她说他以前得罪了一个小人，那人报复他，到太君那里污赖他是地下党，他让蔡凤放心，说太君会调查清楚，还他一个清白的。不过，他还得在这里待上几天。还说了一些夫妻间的琐碎事和家里的一些事。他老婆临走时，他嘱咐老婆："没事不要乱走。如果有事要出去一定要用家里最好的那牛头锁把大门锁好。另外，把人参箱的那几支山参拿一半来，我要献给太君。另一半过几天你舅舅来你就给他。"

鬼子可能不会想到这个土里土气的蔡凤却是一个有着五六年地下工作经验的地下交通员。她知道蓝方要见她，一定是有重要的事情要交代她。她也听出了蓝方说话与平时不一样，一口一个"太君"的，知道他说话不方便。她听蓝方说她舅舅过几天来，她就听出来了过几天上级一定有人来，因为她根本就没有舅舅。她知道上级有人来必须要有接头暗号，双方才能确定对方是不是自己人。她琢磨秘密就在那人参箱里。

鬼子也想到这点，他们也认为秘密一定在那人参箱里。于是，鬼子就派人跟蔡凤一起回药店"取"人参。可是，他们砸开那个装人参的箱子翻遍也只见几根用红布包着的老山参。鬼子不死心,把红布用显影药水泡了好几次都没见显出什么字来。他们把那个箱子砸了个稀巴烂,也没见这箱子有夹层暗格什么的,甚至连箱子的木板上也没有嵌入的东西。

全民微阅读系列

鬼子没发现什么,蔡凤也感到纳闷。鬼子走后,蔡凤看到人参箱被砸得稀巴烂,箱子上的那牛头锁丢在地上。她突然想起那天蓝方让她用那牛头锁锁好大门的话,她知道家里就一把牛头锁,就是这把小锁,虽然这锁的质量非常好,但太小,锁大门就不合适了。她顿时恍然大悟:这牛头锁是一把密码锁,开所的密码597385。

这正是那接头暗号。